わたしを変えた夏

汐見夏衛　六畳のえる　栗世凛
麻沢奏　春田モカ

STARTS
スターツ出版株式会社

目次

わたしを変えた夏

だれか教えて、生きる意味を

汐見夏衛

0　プロローグ

生きる意味って、なんだろう。

わたしには生きている意味があるんだろうか。
わたしはどうして生きているんだろう。
どうして、死んじゃいけないんだろう。
こんなに苦しいのに。

考えても、考えても、わからない。

だれか、教えて。
生きる意味を。
こんなに苦しくても、生きなきゃいけない理由を。

だれか、助けて。

この苦しみから抜け出す方法が、
わたしにはひとつしか思いつけない。
――そんなとき、君に出会った。

1　シニタイ

死にたい。
死にたい。
死にたい。
そんなことばかり考えている。

シニタイウイルスに感染して、
シニタイ症候群を発症したみたいに、
とにかくわたしは、いつも、いつも、死にたかった。

理由は特にない。

いや、違う。
『理由』はある。
『原因』がない。

わたしには、死にたくなるような『原因』がない。
はたから見ても、自分で考えても、
わたしには、
わたし自身にも、わたしの周囲にも、
死にたくなるような『原因』がない。

それが、
わたしの、
死にたい『理由』。

わたしはひどく普通だ。
本当に、ひどく普通だ。ひどく。

もしもわたしが物語の登場人物だとしたら、
紹介文には、きっとこう書いてあるだろう。
『どこにでもいる、普通の女の子』。

勉強も運動も、得意というほどではないけれど苦手というわけでもなくて、
見た目も、特別美人だとか可愛いだとかではないけれど特別悪くもなくて、
性格も、聖人のように優しいわけでも極悪人のように冷たいわけでもない。

昔からさほど苦労しなくても友達を作れて、現在の友人関係も問題はなくて、
ときどき学校帰りにファストフード店に寄って何時間もおしゃべりをしたり、
休日にはショッピングモールで待ち合わせをして買い物したり映画を観たり。

そんな、特筆すべき特徴もない、絵に描いたような『普通の女子高生』がわたしだ。

父は会社員で、それなりの大手企業に勤めていて、いつも無口だけれど優しい人で、
母はパートで、近所の会社の事務員をしていて、ときどき厳しいけれど明るい人で、
妹は中学生で、喧嘩もするけれど、よく服や漫画の貸し借りをするくらい仲良しで、

つまり、わたしの家も、家族も、ごくごく普通だ。
お金持ちではないけれど貧しくもなくて、
郊外のマンション十階の３ＬＤＫの部屋に家族四人で住んでいて、

たまに些細な言い争いくらいはするけれどおおむね家族仲は良好で、
毎週木曜午後十時のホームドラマみたいに、
毎週日曜午後六時の国民的アニメみたいに、
普通の家だ。
普通すぎるくらいに。

つまり、わたしは恵まれている。
『普通』に恵まれているのだ。
家でも、学校でも、『普通』に過ごしている。
わたしがそれを望まなくても、
わたしのまわりには『普通』が集まってきて、
それはずっと『普通』なままで、
映画みたいにドラマチックな出来事など、なにひとつ起こらない。

普通。
普通。
普通。

吐きたくなるほど普通に生きるわたし。

普通であるということが、
どれほどつらいことなのか、
どれほど苦しいことなのか、
知っている人はどれくらいいるだろう。

みんなとおんなじ服装で、当たり障りのない髪型で、
みんなと肩を並べて、従順に授業を受けているとき。
ベルトコンベヤに並べられて品質点検を受ける大量生産品のように、
廊下の端に一列に並ばされて身だしなみチェックを受けているとき。
見たいドラマを我慢して部屋にこもり、したくもない勉強をしているとき。

そんなとき、ふと、
わたしは死にたくなる。
大声で叫びたくなる。
わたしはこんなんじゃない、と。

わたしはこんなふうにまわりに埋もれるべき人間じゃない、と。
『その他大勢』のひとりとして埋もれるべき人間じゃない、と。

どうしようもなく苦しくて、
泥水に飲み込まれたように息苦しくてたまらなくて、
死にたくなる、閉塞感。

ゴム人形の中に無理やり閉じ込められて、
身動きひとつ取れないまま、ただ時が過ぎるのを待つしかない、
終わりのない、閉塞感。

出たいけれど、出られない。
動きたいけれど、動けない。
空気が欲しいのに、呼吸ができない。

どこかへ逃げたいと思うのに、どこへ行けばいいのかわからない。

ひとりきりの部屋で、机の前に座り、
真っ白なノートを照らす卓上ライトの青白い光の中、
右手にもったカッターナイフの刃をきりきりとくり出して、
左手の手首をじっと見つめる。
刃をそっと当ててみる。

あとは、ナイフを横へ、すっと引くだけ。

……でも、ちっとも動かないわたしの右手。

くだらない。
だって、わたしは知っている。
こんなんじゃ、死ねない。
死に損なった自殺志願者ほど、みっともない生き物はない。
そんな自分は見られたくない。
どうせ死ぬなら、きっぱりすっきりと潔く死にたい。

今度はベランダに出て、夜風に身を任せ、
手すりの上に身を乗り出してみる。
豆粒のようなオレンジ色の街灯に彩られた、
遥か眼下に広がる景色をじっと見つめる。
腕に力を込めて、前かがみになる。

あとは、ここから下へ、飛び降りるだけ。

……でも、ちっとも動かないわたしの身体。

くだらない。
だって、わたしは知っている。
飛び降りたら、どうなるか。
どれだけ醜い肉塊になり果てるか。
そんなみっともない姿はだれにも見られたくない。
どうせ死ぬなら、少しでも綺麗な死体になりたい。

くだらない。
わたしはくだらない人間だ。
くだらない。
くだらない。
本当にくだらない人間だ。

だれにも明かさない心の中で、
生きているのに嫌気が差したと言いながら、
死にたい、死にたいなどとうそぶきながら、
でも実際には、
いびつでちっぽけな自尊心が邪魔をして、
なにひとつ行動なんて起こせない。
たわむれに『ふり』をしてみるだけ。

くだらない。
くだらない普通の人間だ。吐き気がするほど。

プライドばかり高くて、
自分は他の平凡な人間たちとは違うと、根拠もなく思い込んで、
そのプライドに振り回されて、死にたくなって、
でもみっともない死にかたは絶対にしたくなくて。
なんだかんだと自分に言い訳をして、
結局、死ぬことすらできないでいる。

どんなに自分の特異性を信じても、
それは自分の中だけのこと。
外から見えるわたしは、
ただの、どこにでもいる高校二年生。
いても、いなくても、世界になんの影響も及ぼさない、些末な存在。
『その他大勢』でしかない、取るに足らない人間。
自分がいちばん、わかっている。
いやというほど、わかっている。
痛いくらい、思い知らされている。

でも、いやなのだ。
こんな人生はいやなのだ。
苦しい。死にたい。
生きる意味ってなんだろう。
生きている意味ってなんだろう。
こんなにも苦しい思いをして、
こんなにも自分が嫌いで、
それでも生きているのには、なんの意味がある？

意味なんかない、としか思えなかった。
わたしが生きる意味なんてない。
生きつづける意味なんてない。

だから、
死ぬことで、わたしはやっと、
『その他大勢』から逃れられる気がした。

自殺する若者のニュース。
いじめを苦にして自殺する若者。
家や学校がいやで自殺する若者。
それを見て、大人たちは、わけ知り顔で言う。

「死んだらいけない」
「生きていれば」
「生きてさえいれば」
「いつかきっと必ずいいことがある」
「今は苦しくても」
「つらくても我慢していれば、いつか」
「自分も若いころは、死にたいと思ったこともあったけど」
「あのとき死ななくてよかったと思う」
「生きていてよかった」

たしかにそうなのだろう。
いいことがあるかもしれないのだろう。

楽しいことがあるかもしれないのだろう。
生きていてよかったと、
死なくてよかったと、
思う日がくるかもしれないのだろう。

でも。

いつか、遠い遠い未来で、
もしかしたら訪れるかもしれない『いいこと』。
そんなものになんの価値がある？
それは、
今まさにこの全身を蝕(むしば)む痛み、
胸をかきむしるほどの苦しみ、
それらを耐え抜いてまで待ち望むほどの価値を、本当にもっているのか。
いつかいいことがあるかもしれない。
生きていてよかったと思うかもしれない。

でも、ないかもしれない。
いいことなんてひとつも起こらず、
悪いことばかり続いて、
楽しみも幸せも感じることなく、
つらいことばかりの日々が、死ぬまで続くかもしれない。
こんなことなら早く死んでおけばよかったと、
あのとき死んでおけばよかったと、
悔やみながら生きるかもしれない。
きっとそういう人もたくさんいる。

たいして賢くもないわたしにだって、わかる。
生きていればいつか幸せになれる、なんて保証はどこにも、だれにもない。
どんなに清く正しく生きたって、絶対に不幸にならないなんて保証はない。

そんな不確かなものを信じて、
泥水に埋もれながら、
息も切れ切れになりながら、

地獄のような日々を生きていくなんて、
そんなの耐えられない。

遥か遠くの曖昧な幸福を願うよりも、
目の前の苦痛から解放されるほうが、
ずっとずっと幸せなのだ。
死を願うほどの苦しみというのは、そういうものなのだ。

それを知らない大人たちが、知ったような口をきく。
自慢げに結果論を語っている。

くだらない。
大人はなんにもわかっていない。
わたしは結果なんかに興味はない。
結果も未来も、わたしには意味がない。
目の前のことだけ。
この苦しみから逃れることだけ。

それしか考えられない。

わたしはそれでも、
そんなことを考えながらも、
『普通』に生きていた。

普通に学校へ行き、授業を受け、友達とくだらないおしゃべりをして、
普通に家に帰り、家族とご飯を食べて、バラエティ番組を見て大笑いして、
普通に寝て、起きて、また学校へ行って。

そうやって、なに食わぬ顔で、
『普通』に生きていた。

いやだいやだと言いながらも、
なんにも変えられない、情けないわたし。

2　ドコカへ

ある晴れた昼下がりだった。
英語の授業を受けながら、
なんの前触れもなく、
わたしは突然、動けなくなった。

ペンを握っていた手が、急に動きを止めて、
全身が自分の身体じゃないみたいに重くなって、
まったく動かせなくなった。

淡々と進んでいく授業。
教科書を読み上げる先生の平坦な声。
黒板と手もとを交互に見て板書をノートに写すクラスメイトたち。
うしろから見ると、だれがだれだか、見分けもつかない。

わたしもおんなじだ。
そう思った瞬間、
苦しくて苦しくて、
どうしようもなくなった。

氷漬けにされたみたいに硬直していたそのとき、
視界の端で、なにかが光った。

かろうじて視線だけは、自分の意思で動かすことができた。
ゆっくりと目を向けた窓の向こうで、
真っ白な鳥が空を飛んでいた。

それを見た瞬間、
戒めの鎖が解けたように、
身体が動きを取り戻した。

ここはもういやだ。

どこかへ行かなきゃ。
ここではないどこかへ、行かなきゃ。
そんな思考だけが頭を支配していた。

もう、限界だった。
わたしは、教室を飛び出した。

いつだって無数の生徒で溢れ返っている廊下が、
今は嘘みたいにしんと静まり返って、だれもいない。
それぞれの教室で授業をする先生たちの声だけが響いている。
毎日来ている場所なのに、はじめて来た場所みたいに感じた。

未知の感覚に突き動かされて、
未知の世界に飛び込んでいく。

生まれてはじめての衝動に自分でも驚きながら、
全速力で廊下を駆け抜け、階段を駆け上がる。

全身の血液が沸騰していた。
全身の筋肉が躍動していた。

辿り着いた先は、屋上へとつながる鉄製のドアの前。

きっと鍵がしまっているだろう。
そう思いつつ、一か八か、
ドアノブに手をかけて、そっと力を込めてみる。

すると、意外にもノブは軽く動き、ドアが細く開いた。
うそ、と驚きの声がもれた。
蝶番(ちょうつがい)が軋(きし)んだ音を立てる。

もしもばれたら怒られる、と頭の片隅で思った。
でも、わたしの身体は勝手に動いた。

重いドアを、一気に開け放つ。

瞬間、夏に包まれた。

ドアの向こうからぶわりと溢れ出した、
光と風と、夏のにおいに、全身を包まれた。

目を細めずにはいられないほどの目映い光。
汗ばんだ首筋を優しく撫でて吹き抜ける風。
直射日光に焼かれたコンクリートのにおい。
隣の公園で鳴く鳥の声、国道を走る車の音。

わたしは夏の中を歩き、屋上の端に立った。
錆びついた手すりを両手でつかむ。
鉄くさいにおいが鼻をついた。

前かがみになって上半身をもたれ、下を覗き込む。

真下は旧校舎の裏側だった。
荒れ放題の花壇、今は使われていない駐輪場のトタン屋根。
地上は思ったよりも遠くない。

吸い込まれるように見つめていた、そのときだった。

——お、飛び降り？

笑いをふくんだような軽い声が、背後から聞こえてきた。
わたしは驚きのあまり言葉もなく振り向く。

ひとりの男子が立っていた。

両手をズボンのポケットに突っ込んで、
にやにやしながらわたしを見ている。
にやにやしながらわたしに近づいてきて、
にやにやしながら言った。

――なになに。お前、死ぬの?

それは、同じクラスの小島だった。

話したことはない。
どんなやつかもよく知らない。
話したことのないクラスメイトとして妥当な、ぼんやりとした印象しかない。

小島という男子は、
ものすごく勉強ができるわけでも、できないわけでもない。
ものすごく真面目というわけでも、不真面目というわけでもない。
ちゃんと授業を受けているときもあるし、居眠りしているときもある。
優等生ぶるわけでも、悪ぶるわけでもない。
たまに友達とふざけ合っていて、先生に小言を言われたりすると、
すんませーん、と笑って謝る。

つまり、『普通』だ。
普通のクラスメイト、普通の男子のひとり。
同じ教室にいても、特に印象に残らない存在。
きっと進級してクラスが替われば、思い出すこともない。

そのときふと、わたしの目が、あるものを捉えた。
小島の手に、一本の針金が握られている。

──ああ、これ？
わたしの視線に気づいたのか、小島がひょいっと右手を上げた。
──あそこの鍵、開けるときに使ってる。
小島の目が、背後のドアをちらりと見た。

屋上は開放されていたわけではなく、
小島が勝手に鍵を開けていたらしい。
わたしは驚きに言葉を失ったまま、小島を見つめる。

——この太さといい硬さといい、ピッキングにちょうどいいんだよ。
なんでもないふうに小島は言うけれど、立派な不法侵入だ。
そんなことを平然とやってのけるタイプだとは知らなかった。

わたしは混乱し、手すりをつかんだまま動けない。
小島がまた数歩進んで、わたしの真横に立った。
わたしは思わず身構える。

ほっといてよ。死のうが生きようがわたしの勝手でしょ。
そう言い返す準備をしていた。

それなのに、飛んできたのは予想外の言葉だった。

——おれ、人が死ぬとこって見たことねえんだよな。貴重な経験だわー。
小島は手すりに頬杖をついて、心から嬉しそうに言った。
わたしはぽかんとして小島を見つめ返す。

——なに、まだ飛び降りねえの？

小島がひょいと首を傾げる。

それからなにか思い当たったように、ぽんと手を打った。

——あ、おれのことは気にしなくていいから。どうぞご自由に。

小島は真顔だった。

——自分のタイミングでいいぞ。さ、どうぞどうぞ。

うながすように手をひらひらさせている。

わたしはやっぱり動けない。

なにも言えない。

そんな自分が情けない。

わたしは無理やり口を開け、なんとか声を押し出した。

——べつにそんなつもりないし。なに勘違いしてんの。

小島が肩をすくめる。

――なあんだ、死なねえの。ざーんねん。つまんね。
わたしは黙って手すりから手を離した。

――なあ、お前、ヒマ?
小島がにやにやと口を開いた。
は?とわたしは眉をひそめる。
――ヒマならちょっと付き合えよ。

なんで、と訊ね返すと、
――今日はもうガッコー飽きたからさ、ゲーセンでも行こうかと思って。
家遊びに飽きたから公園に行こう、というくらいの軽い口調で小島は答えた。
わたしは、びっくりして言葉が出ない。

――どうせヒマなんだろ、付き合えよ。いつもひとりじゃつまんねえしさ。
そういえば小島はときどき、授業中いつの間にか姿を消していることがあった。
身体が弱くて保健室にでも行っているのかなと思っていた。
でもまさか、堂々とさぼっていたとは、と内心呆れる。

そして、呆れた自分に呆れる。
なんて型にはまったつまらない人間。
授業をさぼるなんて、わたしには到底そんな勇気はないのだ。

普通でいるのがいやだと思いながらも、
普通じゃないことをする勇気はない。
そんな自分が、大嫌いだ。

──あ、優等生ちゃんには学校抜け出すなんて無理か。
にやにや笑いながら、小馬鹿にするように、挑発するように小島が言った。
挑発だとわかっていたのに、それでもかちんときて、わたしは早口で答えた。
──そんなんじゃないし。行くし。

＊

そうしてわたしたちは、こっそりと学校を抜け出し、駅へ向かった。
平日の真昼の街には、当然、制服姿の学生なんてひとりもいない。
わたしたちは、浮いていた。

——補導とかされたらどうするの。
わたしは思わず呟く。
——そんときゃそんときだろ。
おかしそうに肩を揺らして、小島は笑った。
——ていうか、だれもそんなに他人に興味ねえって。
小島がぐるりと視線を巡らせる。
——ほら、だれも見てねえよ、おれらのことなんか。

わたしも小島を真似て周囲を見渡す。
小島の言う通りだった。
大人たちはみんな忙しそうに歩いていて、
さぼりの高校生なんかにまったく関心を払わない。
見知らぬ学生が学校をさぼっていようがいまいが、

彼らにはまったく無関係なのだ。
考えてみれば当たり前のことだけれど、
わたしにとっては目から鱗だった。
きっと大人に怒られたり、通報されたりしてしまうと思っていた。

二歩分ほど前を歩いている小島の姿を観察する。
やっぱり外見的にはいたって普通だ。
制服を着崩したり、髪を染めたりしているようなちゃらちゃらした格好でもなく、
第一ボタンまでぴっちり留めたりしているような規範的優等生的な格好でもない。
普通の男子高校生にしか見えない。

でも、中身はあんまり普通じゃないらしい。
悪ぶって、わざと大人に反抗するためなどではなく、
ただ『飽きたから』というだけで、平然と学校を抜け出す。
そんなやつだなんて、全然知らなかった。

駅前の大通りを歩いていると、

大声を張り上げている若い男女の集団がいた。
彼らの手には白い箱、足下にはなにかの看板。

目を凝らしてみると、
『A大学ボランティアサークル』
『貧困や飢餓に苦しむ恵まれない子どもたちに、救いの手を』
手書きのマジックペンの文字でそう書かれていた。

彼らは十人ほどで横並びになって募金箱をかかえ、叫ぶような声で、
まるでだれが最も大きな声を出せるか競い合うかのようにがなり立てる。
——募金お願いしまーす！
——可哀想な子どもたちのためにご協力お願いしまーす！

なにがおかしいのか、ときどき顔を見合わせて笑い合ったり、
隣になにか耳打ちしてくすくす笑ったり、ふざけて小突き合ったりしていた。

——私たちが温かいご飯をお腹いっぱい食べているときに、

——僕たちが涼しい部屋で冷たいジュースを飲んでいるときに、

——私たちが柔らかいベッドで眠っているときに、

——お腹を空かせて、病気になっても病院にも行けずに、

——固い地面に横になって苦しんでいる子どもたちがいます！

——ご協力お願いしまーす！

そんな彼らの言葉には、心がこもっている感じはなく、暗記した内容を大声で読み上げているだけという印象を受けた。


道行く人はみんな見向きもしない。

大学生たちが、あくまでもサークル活動の一環として、遠い土地の子どもたちを本気で救うためというよりは、自分たちの退屈を紛らすため、自己顕示欲を満たすためにそうしているようだと、なんとなく伝わってくるからかもしれない。


でも、そういう人たちは別に珍しくもない。

どういうつもりでだれとなにをやろうが、彼らの自由だ。

自己満足でも、結果的にだれかのためになるのなら悪いことではないだろう。

そういえば以前、全校集会かなにかで、注意喚起があった。
最近、街で募金活動だと偽って市民から集めた善意のお金を、
我が物にしている集団がいるらしいので気をつけるように、
募金をするならちゃんとした団体を通すように。
そんな内容だったなと、ふと思い出した。
彼らはちゃんと大学名を名乗っているので、
さすがにそういう悪意ある集団とは違うだろうけど。

そんなことを考えながら彼らの前を通りすぎようとしていたとき、
ふいに、わたしの前を歩いていた小島が足を止めた。
わたしもつられて歩みを止める。
小島にならって、彼らの様子をじっと見る。

大学生のひとりが募金箱の中を覗き込んで言った。
——今どれくらい集まってる？
——全部で二百円。

——うわ、少ない。
——今日はまた一段と少ないな。
——ビール一杯分にもならないじゃん。
——三時間で二百円か。やばいね。
——コスパ悪いなあ。
——世間の人、冷たくない？　みんな自分さえよければいいんだね。
——そんなもんだよ、平和ボケしてる日本人はさ。
——うちらみたいなのは少数派だもん。
小島はじっと彼らを見ている。
大学生たちは気づかずに談笑している。
げらげらと笑う声。

——偽善者！

小島がいきなり叫んだ。
わたしも彼らも、予想外の事態に驚き、目を丸くして小島を見た。
小島は呆れたような表情を浮かべている。

――お前らどうせ、募金活動してる自分めっちゃ優しーい、とか思ってんだろ。
突然近づいてきて挑発的な態度で絡みはじめた高校生に、
大学生たちは戸惑いを隠さず閉口している。
――そんで、素通りするやつらめっちゃ冷たーいひどーい、とか思ってんだろ。
なんだこいつ、と男子学生のひとりが頬を歪めた。
なんなの怖い、と女子学生のひとりが肩を縮めた。
――ほんと質(たち)の悪い偽善者だな。
大学生たちは引きつった顔を見合わせた。

小島は止まらない。
――冷静に考えてみろよ。ちゃんと計算してみ。
わたしは小島の横顔を凝視する。
なにを言い出すのか、不安と期待が胸の中でせめぎ合っていた。
――こうやって十何人で突っ立っててさ、一日一万集まったらいいほうか?
――こんな平日の真っ昼間にそんな集まるわけないか。

――それなら全員バイト行けよ。一時間であわせて一万くらい稼げるだろ。
――ここで募金箱もって突っ立ってるよりずっとコスパいいって。
――まさかバイト代、全部自分の遊びに使ったりしてねえよな、寄付してるよな？
小島の言葉は止まらない。
大学生たちは気まずそうに視線を逸らした。
痛いところを突かれたのだろう。
小島が再び呆れ顔になる。
――そんなんで募金しないやつは冷たいとか平和ボケとか、とんだ偽善者じゃん。

大学生たちは強張った面持ちで、横目に顔を見合わせ、
あはは、と乾いた笑いをもらした。
変な高校生に絡まれてしまった。参ったな。
そんなふうを装おうとしているようだった。

やりたい放題に暴言を吐くだけ吐いた小島は、
満足げに笑ってその場を離れ、すたすたと歩きはじめた。
わたしは慌てて足を踏み出し、その背中を追う。

小島は、何事もなかったかのように肩の力を抜いて、のんびりと歩いていた。たぶんわたしのほうがよっぽど緊張と興奮にまみれた表情をしているだろう。


小島にとっては日常茶飯事なのかもしれない。

でもわたしには非常事態だった。

息を吸っても吸っても酸素が足りないくらいに、高揚していた。


駅の改札横にある駐輪場の前を通りすぎたとき、金色に脱色した髪をウニみたいに逆立てた若い男が、ぼろぼろの自転車をとめているのをたまたま見かけた。

乱暴で粗雑なしぐさが気になり、わたしはそちらに目を向ける。


次の瞬間、男の腕が隣の自転車にぶつかり、がしゃんと倒れた。

倒れた自転車がまた隣の自転車にぶつかり、さらに隣にぶつかり、十台以上の自転車が次々に将棋倒しになった。

けたたましく響き渡る金属音に、人々が振り向く。

男はぐちゃぐちゃになった自転車たちを一瞥し、いまいましげに舌打ちしたあと、駅のほうへと歩き出した。どうやら、なかったことにするつもりらしい。

――おい！　直していけよ！

小島が叫んで、わたしは度肝を抜かれた。

さっきとはまた状況が違う。今度の相手はいかにもチンピラという感じの男だ。逆ギレされたらどうするつもりなのか。下手をしたら殴られたりしかねない。

でも、小島の声を聞いた男は、驚いたように振り向いたあと、険しい顔つきで路肩に唾を吐いて、そのまま立ち去っていった。わたしはほっと息をつく。喧嘩にならなくてよかった、と心底安堵していた。

小島は男に負けないくらい大きな舌打ちをして、倒れてしまった自転車を次々に起こしていく。

わたしも駆け寄り、手伝った。

小島って、なんか意外といいやつだ、と思いながら。


でも小島は、最後にチンピラ男の自転車に辿り着くと、よいしょ、と軽く言いつつ、迷いなく蹴り倒した。

えっと声を上げ、あ然とするわたしの横で、小島は蹴った自転車を無造作につかみ、邪魔にならない場所へと動かしてから、さてと、と言いつつサドルを外して、植え込みに立てられた看板の裏に放り投げた。


——さ、行くか。

さっぱりした顔で手をはたいた小島は、満足げににやにや笑って言い、再び何事もなかったかのように平然と歩き出した。


——いいの？　あんなことして。

わたしは小島を追いかけながら、思わず声をかけた。
——自業自得、因果応報。
小島はにやりと笑って答える。
——人のチャリ倒して放置してんだから、自分がされても文句言えねえだろ。
——そりゃそうだけど、サドルは……。
——おまけ、おまけ。何十台も倒したんだから当然だろ。

でも、警察とかに見つかったら。
そんな言葉を続けそうになったけれど、飲み込んだ。

きっと小島は、さっきと同じように、
そんときゃそんときだろ、と笑って答えるのだろう。
そして、たとえ本当に警察に見つかってしまって怒られたとしても、
すんませーん、と笑って謝るのだろう。

わたしにとっては世界が反転するほどの大事件でも、
小島にとっては取るに足らない小さな出来事なのだろう。

わたしは小島のあとを追いながら、衝撃に胸を震わせていた。
なんてやつだろう。
こんなやつははじめてだった。

おかしい。
普通じゃない。
全然『普通』じゃない。

特に目立たない、『その他大勢』に埋もれる外見。
それなのに、中身は全然『普通』じゃない。

わたしは自分が情けなくなった。
自分は『普通』じゃないと、他のやつらとは違うんだと、
わたしはただ頭の中で考えるだけで、
口に出す言葉も、起こす行動も、思考回路も、
全部『普通』だ。

わたしは全然特別なんかじゃない。
わたしは呆れるくらい『普通』だ。

そうだ。
だからわたしには、
生きる意味なんかないのだ。
だからわたしは、死にたいのだ。
死んでしまおう、と思ったのだ。

3　イキタイ

――ねえ、小島。
わたしはそっと声をかける。
小島が、なんだよ、と振り向いた。

――ひとつ質問があるんだけど。
そう言うと、小島はくいっと眉を上げた。
なんだよ、ともう一度返ってくる。

わたしはゆっくりと口を開く。
わたしの中で、いつも渦巻いている疑問を、
だれかに聞いてほしくて、
それなのに胸の奥に押し込めていた疑問を、
はじめて口にする。
真正面から小島にぶつける。

——生きる意味って、なんだと思う？
——人はどうして生きなきゃいけないの？
小島は一瞬きょとんとして、それから噴き出した。
——お前、バッカじゃねえの。
にやにや笑いではなく、心から楽しそうに笑った。

——そんなワケわかんないこと考えて生きてんのか？
わたしは眉をひそめて、げらげら大笑いしている小島を見上げた。
小島の目尻には、笑いすぎたせいなのか、涙が滲んでいた。
他人の真剣な悩みを、涙が出るほど笑い飛ばすなんて、つくづく失礼なやつだ。

——あのなあ。
小島が心底おかしそうに、笑いに震える声で言う。

生きる意味なんて、ないんだよ。

そんなのまやかしだよ。
勘違いだよ。
気のせいだよ。
思い込みだよ。
思い上がりだよ。
自分の生に意味があるなんて大それたこと考えるのは、
実に人間らしい傲慢な思い上がりだよ。

おれたちはなあ、
生まれたから生きるんだよ。
生きてるから生きるんだよ。
それだけ。

簡単なことだろ。

当然のことだろ。
生き物はみんなそうだよ。
意味なんて考えるのは人間だけだよ。

そんなくだらないこと悩んでるなんて、相当ヒマなんだな。

そんなヒマがあるなら、
好きなもん食って、
好きなだけ食って、
好きなだけ寝てりゃいいんだよ。
好きな漫画読んだり、
好きな音楽聴いたり、
好きな映画観てりゃいいんだよ。

死にたいやつは勝手に死にゃいいと思うけど、
生きるのにも死ぬのにも別に意味なんかねえって、
それくらいわかった上で死ねよアホ、とは思うな。

あー、くだらねえ。
ほんと無駄なこと考えてんな。
変なやつだなあ、お前。

『変』。
『変』なんて、はじめて言われた。
『変』って、変わってるってこと。普通じゃないってこと。

ずっと憧れていた言葉を、焦がれていた言葉を、
こんな形で、こんな『変』なやつから言われることになるなんて。

わたしはしばらく黙って佇んでいた。
それから、ぷはっと噴き出した。
久しぶりに、声を上げて笑った。
小島を見ていたら、
今まで悩んでいたことすべてがバカらしくなってきた。

仰ぎ見た空は透き通るような青で、
夏の空気が街を包み込んでいた。
街路樹がそよ風に揺れて、さわさわと音を立てていた。
木漏れ陽が路面に濃い緑のじゅうたんを敷いていた。

空ってこんなに青かったっけ。
風ってこんなに優しかったっけ。
夏ってこんなに気持ちよかったっけ。

世界って、こんなに美しかったっけ。

わたしは思いきり深呼吸をする。
真夏の空気を胸いっぱいに吸い込む。
身体中を蝕んでいた暗くて黒い感情が、
洗われて浄化されて、

わたしの口から吐き出された。
とてつもない、解放感。

——小島って強いね。
わたしは呟いた。
小島は不思議そうに眉を上げる。
意味がわからない、とその顔が言っていた。

でも、いいんだ。
理解されなくたって、いい。
わたしだけがわかっていればいい。

小島は自分の中に確固たる価値観をもっている。
まわりの考えや言葉に左右なんかされない、
だれになにを言われても揺らいだりしない、
自分だけの価値観。
それが、小島を『特別』にしている。

自分だけの価値観が、人を『特別』にするのだ。
奇抜な外見や、斜に構えた態度ではなく、
自分だけの価値観こそが。

わたしにはやっとそれがわかった。

わたしも見つけなくちゃいけない。
身につけなくちゃいけない。
わたしだけの価値観を。
なにが起きても揺るがない芯を。

それはだれかから教えてもらうものでも、
与えてもらうものではないから、
自分の力で種を見つけて、自分の中で育て上げて、
自分のものにしなくちゃいけない。

それは、生きている中でしか得られない、育たない。
生きる意味や価値を得るためには、
まずは生きなければならないのだ。

もしも『生きる意味』というものがあるとすれば、
意味があるから生きるのではなくて、
生きている中で意味が生じるのだ。

わたしは『普通』でなんかいたくない。
わたしは『普通』なんかじゃない。
心の中で叫びながら、でも諦めていた。
わたしは『特別』な存在ではないと諦めていた。

でも、わたしだって『特別』になれるはずだ。
人はだれだって『特別』になれるのだ。

だって、自分の育った環境は、

経験してきた出来事は、
与えられた言葉は、
読んだ本は、
聴いた曲は、
観た映画は、
生きてきた時間は、
考えてきたことは、
歩んできた人生は、
すべてだれとも違うんだから。

小島が、また見ず知らずの人に突っかかっていく。
わたしはまた声を上げて笑った。

小島は強い。
揺るぎない。
輝いている。
わたしも、そうありたい。

そうありたいと願うわたしが、わたしだ。
他のだれとも違うわたしだ。

わたしは、生きる。
この世に生まれたから。
そして生きているから。

意味なんかなくたって、
価値なんかなくたって、
図太く生きてやるのだ。

どうせ生きなきゃいけないなら、……いや、違う。

せっかく生きているのだから、
せっかく生まれてきたのだから、
これがわたしだと、胸を張って。

堂々と、
好き勝手に、
自由に。
わたしは、生きたい。

おわり

ラジオネーム、いつかの私へ

六畳のえる

「紘葉ー！　もうすぐお夕飯だからねー！　今日はおばあちゃんお手製の角煮だよー！　手伝ってねー！」

「……できあがったら行くよ」

一階から大声で母に呼ばれる。小森紘葉は多分聞こえないであろう小さな声で気のない返事をして、そのまま慣れないベッドに突っ伏した。

祖母の家の二階、幾つもある部屋のうちいつもの一部屋を自分用に用意してもらったものの、特にやることもなく、中学の時に買ってもらって置きっぱなしになっていた漫画を読み返す。ストーリーは面白い、だが彼女の心はまったくと言っていいほど弾まない。何を見ても、何を聴いても、面白くない。「こんなはずじゃなかった」「本当は学校にいたはずなのに」そんな想いだけが紘葉の頭の中をぐるぐると巡る。

「もうやだ……」

肩まである黒髪が気だるげに揺れ、ため息に紛れた声が部屋に響く。標高の高い場所での夕方とはいえ、やはり八月の盛夏となれば冷房をつけないとそれなりに暑い。彼女は余計に何もする気がなくなって、二回目のため息を枕に浸み込ませた。

やがて、階段を駆け上がる音が聞こえてくる。ドアは閉められたまま、母親の声が廊下にぶつかった。

「ちょっと、紘葉！　もうご飯できるって！　手伝って！」

「……わかった。すぐ下りるよ」

高一にもなって祖母のいる家で拗ねてばかりいるのも気が引けたので、絃葉はしぶしぶ起き上がる。それでも、悲嘆にくれている自分にもう少し配慮してくれてもいいのではと腹立たしさも覚えた。

そしてまたしても無意味な自問自答をしてしまう。なぜ自分はこんなところにいるのか、と。


八月八日、月曜日。お盆のこの時期は、絃葉の両親が仕事とパートを一週間休んで、この父方の祖母の家に泊まりに来ている。父母二人が生まれ育った、長野県諏訪郡の標高千メートルの村。都心で当たり前のように乗っている電車も地下鉄も近くにはなく、適当に歩こうものならコンビニはおろか自販機も見つからない。

祖母もこの期間は古くからの友人とやっている理容店をお盆休業にして家にいるので、毎年ここで五、六泊している。絃葉が中学に入る前に亡くなった祖父を弔いつつのんびり過ごし、父母は周辺に住んでいる友人たちとプチ同窓会をする。それが小森家の恒例だった。

でも今年、絃葉は本当は来るはずではなかった。吹奏楽部の練習があったから。中学のときはさすがに危ないと言われてできなかったけど、高校になったら月曜～金曜の五日くらい親がいなくても大丈夫。パーリー（パートリーダー）と部長と顧問に頭を下げて部活を休むこともなく、いっぱい練習して、束の間の一人暮らしで自由を謳歌したい。そう思ってたのに。

なんとなく自宅に置いていく気になれなくて車に積んできたホルンのケースを見る。去年買ってもらった、まだツヤの消えない黒い表面が寂しそうに光って、彼女は逃げ出すように部屋を出て階段に向かった。


「いとちゃん、どう？　美味しい？」

「……うん」

「絃葉、これ好きだったものね」

少しだけ味の薄い豚の角煮を食べながら、絃葉と両親、そして祖母の四人でテレビを見ながら食べる。普段は父親も遅いし、七月までは絃葉も遅くまで練習があったから、家族揃ってこうして食べるなんて稀なことだ。でもそんな久しぶりの食卓なのに、彼女の気は塞いだままだった。

「絃葉、食欲ないのか？　せっかくおばあちゃんがたくさん作ってくれたんだから」

「うん、わかってる」

沈んだまま、父親への返事も御座(おざ)なりになる。流れているバラエティがつまらないからだろうか。いや、違う。「何を食べるかより、誰と食べるかが重要だ」なんてよく言うけど、実際のところはどういう精神状態で食べるかが一番大事で、今の彼女からしたら液晶の大画面もアボカドのサラダも、まるで彩りを欠いていた。

「ほら、見てみろ、紘葉。あのS字にカーブしてるのがさそり座だよ。家の周りじゃ全然見えないけど、さすがにここだとよく見えるな。さそり座で赤く光ってるのがアンタレスだな。赤いのは寿命が終わろうとしてるサインで、『さそりの心臓』とか呼ばれたりしてる」

「あれか。見えたよ、うん」

　食事とお風呂が終わった紘葉は、祖母を含む家族全員で星を見る。去年も見た夜空は相変わらず綺麗で、でもやはり心に響かない。強く吹いてきた風で湯冷めしないよう、彼女は適当に切り上げて階段を駆け上がり、自分の巣にでも戻るかのようにベッドに飛び込んだタオルケットを被った。

「もうやだ……」

　夕方にも呟いたことをもう一度吐き出す。日中夢に逃げ込むように眠っていたので、寝たいのに眠れず、紘葉の中には七月までの嫌な思い出ばかりが浮かんだ。

中学で始めた吹奏楽部は楽しかった。初めての楽器、初めてのコンクール、初めてのコンサート。ホルンを鳴らすのがただただ楽しくて、県内でも吹奏楽の名門と呼ばれる高校に進学した。でも、そこは楽器を楽しく奏でるだけの部活ではなかった。

部活のレベルも高い中で、必然的にレギュラーをかけた争いが起こる。その裏側には、感想という体の陰口が付きまとっていて、紘葉はいつもそれを暗い気持ちで聞いていた。そして、大勢の女子が集まることで、派閥も生まれていた。

紘葉たち一年生が本格的にパート練習に参加し始めた五月、突然先輩から部長派と副部長派のどっちにつくかと問われ、紘葉はただただ困惑した。そして返事を保留したまま、どっちにもつかずに練習していると、ある日を境に部長派だったパーリーからの当たりが強くなり、軽くハブにもされた。

練習したいのにちゃんとパーリーと話すこともできなくなって、吹奏楽部なのに吹奏楽以外に考えることや悩むことが多すぎて。気がつくと楽譜やチューナーより他の部員の顔色ばかり見るようになって、彼女は県大会のある夏を前に七月の初旬に部活を辞めた。

『大丈夫？　みんな心配してるよ』

同じ中学から一緒に進学して仲の良かった、部活仲間でもあった梨帆からのメッセージを見返す。無事に県大会も突破し、関東大会に向けて準備をしているようだ。

色々情報を教えてくれる、思いやりが籠もったように見える文面も、今の紘葉は素直には受け取れない。大会が進むにつれ、また陰口も派閥争いも激しくなっていくのだろう。そんなことばかりが頭を駆け巡る。

紘葉は辞める直前に梨帆に相談したが、「でも強豪ってどこもそういうものだから……」とやんわり諭すように言われた。まるで聞き分けのない紘葉が悪いかのように。もう何もかも嫌になった。大好きな吹奏楽だったのに。中学の思い出まで黒く塗り潰された気がした。

部活を辞めてから、紘葉はずっとこの調子だ。何もかもつまらない。何も楽しくない。それは部活を辞めた自分のせいなのだ。こんなに退屈なのになんで学校に行く必要があるんだろう、とその意味を探しているうちに、夏休みに入ってしまった。

「なんかアニメでも見るかな」

独りごちながら、紘葉はスマホをスワイプしていく。今の彼女にとってサブスクの動画配信サービスは本当にありがたい存在で、無尽蔵に出てくるコンテンツを流し見しているうちに時間を消費することができた。

「あ、やば」

間違って隣のアプリを起動してしまう。以前、お気に入りのアーティストが出るというので一度だけ放送を聞くためにダウンロードしたラジオアプリだった。そのときから一回も触っていない。彼女はすぐ消そうとしたものの、時間が潰せるならなんでも良いと思い、少し眺めてみた。

「……あれ？　そっか、関東と局が違うんだ」

表示されている放送局が、家で流したときと違うことに気づく。有料会員だと日本全国どのラジオでも聞けるのだが、そこまで興味を持っていない紘葉は無料会員だ。彼女は、長野のこのエリアで聞ける放送を探してみる。

スワイプを繰り返していたそのとき、突然アコースティックギターとピアノの爽やかな音楽が聞こえた。

「こんばんは。今日も始まりました、ＤＪカオリのColor Your Life」

誤ってタップしてしまったのか、スマホから心地よいシンセサイザーのＢＧＭと優しい声が流れ始めた。

「時刻は二三時半になりました。今日も三十分、ここで皆さんの悩みとゆったりと向きあい、明日が少しでも色づくよう優しく応援していきたいと思います」

ちょうど開始の時刻だったらしい。紘葉はアプリを見返してみる。放送局を見ると、聞いたこともないラジオ局だ。それもそのはず、それは県内限定で流れている地方ラジオだったと、番組の詳細を見てようやく気がつく。月曜から金曜まで夜の三十分間放送している、無名のパーソナリティによる番組。彼女はとりあえずスマホを枕もとに起き、枕に首を埋めるようにしてうつ伏せになった。

何歳くらいだろう。パーソナリティの落ち着いた大人の声を、紘葉はリラックスしながら耳に吸い込んでいく。

「早速おたよりを紹介していきましょう。ラジオネーム『クリームプリン』さん。『カオリさん、こんばんは』はい、こんばんは。

『私は高校の進路で悩んでいます。将来のことを考え、レベルが高いところを受けたいという気持ちはあるのですが、一方で大親友が一段階下の高校を受けるようで、彼女と一緒に高校も過ごしたいという想いもあります。将来と友人、どちらを取れば良いでしょうか』

……なるほどね。これは昔からよくある悩みね。だからどっちが正解とも言えないの。自分がそうしたいと思う方を選べばいい。でも、それだとクリームプリンさんも困るだろうから、私だったらどうするかを話すね。

私が貴方だったら、レベルの高い高校を目指すかな。高校って、本当に世界が広がるの。遊べる場所も増えるし、バイトすれば使えるお金も増える。それは大学に行けばもっと広がる。その中で、貴方は必ず新しい友達と出会うはず。今はそのお友達にこだわっていても、この先もっと趣味や価値観の合う、仲の良い友達ができる可能性があるのね。そのときに、『結局中学のあのときにこだわりすぎることなかったな』

『もっと良い高校に行って、東京に出たりしたかったな』って思うかもしれない。今の時点で大親友って呼べる子なら、多少疎遠になったとしても関係はずっと続くわ。『あの子と同じ高校に行っておけば良かったな』って後やむことはあんまりないはず。だから、多分レベルで選んだ方が後悔しにくいかなって、私は思います。良かったら参考にしてね。

それではここで一曲聴いていただきましょう。Type-Hypeで『Dear Sunday』」

導眠剤として流しておくつもりでオフタイマーまでセットしていたのに、気がつくと絃葉は完全にラジオに聞き入っていた。上半身も少しだけ起こし、両肘(ひじ)を布団につくようにしている。

中高生向けの番組のようだが、絃葉はパーソナリティであるDJカオリさんの話すトーンが気に入った。押し付けがましくもなく、かと言ってはぐらかすでもなく、きちんとリスナーに寄り添って、自分なりの回答を出している。おたよりを出した人も、適当にどっちつかずな回答をされるより、よっぽど参考になるだろう。

そして、彼女がもう一つ気に入ったのは声だった。柔らかい音楽にマッチする、本の朗読なども似合いそうな高すぎない声は、この番組にピッタリだ。

「いいな、この番組」

彼女はまた独り言を漏らす。ここに来てから、家族以外と話していないことで、知らず知らずのうちに人恋しさが募っていたのかもしれない。

　そしてまたカオリさんは何通かおたよりを読み、合間に曲を流していく。恋愛や親との関係など、友人には話しづらい相談と回答を聞いているうちにあっという間に時間が経ち、番組も残り五分となった。

「では、今日最後のおたよりとなります。ラジオネーム、『グレースカイ』さんからです。

『カオリさん、いつも楽しく聞いてます。自分は高二の女子ですが、夏休みに入ってから、毎日がつまらないです。そして、本当は高校二年生なんて受験もなくて一番楽しい時期のはずなのに、と思うと、つまらないのは自分のせいなんじゃないかと自己嫌悪してしまいます』」

　自分の心の一部分を読まれたかのような悩みに、紘葉は思わず身体が固まる。学年こそ一つ違えど、同じような気持ちを吐露している人が、今この同じ県にいるのかと思うと、彼女は不思議な気分になった。

「『なので、今日の月曜から金曜までの五日間、私は毎日新しいことを一つやると決めました。自分との約束を守るためにも、このラジオに投稿していきたいと思います。

いつも聞いていたラジオに投稿する。これが今日の新しいチャレンジです』」

「すごい……」

紘葉の口から漏れ出たのは、隠せない本音だった。つまらない日常をパステルカラーの絵の具で塗れるように、このリスナーは自分に目標を課した。それがとても驚きで、彼女は軽く嫉妬に似た感情すら覚える。そしてこのメールに対して、カオリさんが何と答えるのか気になって、彼女はグッと上体を起こした。

「グレースカイさん、素敵なおたよりありがとう。つまらないと思ったときに自分からアクションしてみるってすごくエネルギーのいることだよね。私が高校で同じ状態だったら、きっと毎日寝て過ごしてるんじゃないかな」

彼女のコメントはそのまま今の自分自身で、思わず紘葉は苦笑いで口角を引き攣らせる。

「私もこの年まで、それこそグレースカイさんより十年以上長く生きてきて、退屈だなって思うときもあって、そういうときには新しいことしようって決めてる。新しいことってハードル高そうでしょ？　でも意外と簡単なの。ピアノを始めたいとか、サーフィンやってみたいとか、そういうのは腰が重いだろうけど、例えば、いつもと違う道を行くだけでも、何か新しい発見があるかもしれない。もちろん、歩きにくい道を通ることになったり水たまりで靴を濡らしたりすることもあると思うけど、それっていつもと違うことをした結果だから。グレースカイさん、今日から金曜まで、頑張ってくださいね！　では、最後の曲を聴きながらお別れです」

　こうして番組が終わり、紘葉はラジオのアプリを閉じて動画アプリを開く。そしてイヤホンを挿し、仰向けで寝る姿勢になった。

　新しいこと、昨日までと違うこと。そんなこと、今の自分にはできそうにない。明日もこの何もない場所で何もせずに、去年の夏休みの練習を懐かしみながらぼんやり過ごすのだろう。仕方ない、部活を辞めたのに更に元気を出せというのが無理なんだ、仕方ないんだ。

　そんな風に言い聞かせながら、彼女はピアノＢＧＭの動画を再生し始めて目を瞑り、やがて浅い眠りに落ちた。

＊＊＊

　翌日の九日、火曜日。紘葉の父母は午後になると、買い出しのために祖母を連れて出かけた。一緒に来るかと紘葉も訊かれたものの、車で何十分もかけてホームセンターやショッピングモールに行くのもただ疲れるだけだと思い、一人で留守番する方を選んだ。

「……どっか行くかな」

置いてあった漫画も読み飽き、やることがなくなった絃葉は散歩に行くことにした。

家と家の間隔も道路も広い村を、ハンカチで汗を押さえながらゆっくり歩いていく。八ヶ岳と諏訪湖の間に広がるこの辺りの村は標高が一千メートルで、低地に比べると五、六度ほど気温が低いらしい。避暑地の別荘みたいだと友達から言われたことがあるものの、テニスコートやＢＢＱ場はあっても映画館や本屋は自転車で行ける距離にはなく、生活には不便な場所だと彼女は感じていた。

「ふう、ふう……」

細く短く呼吸しながら、去年も散歩した坂道を下っていく。ペンションが並ぶ場所を横切ると、分かれ道に出た。左に行けば、そのままぐるっと回って家に戻れる。合計三十分のちょうどいい運動量だ。右に行くとどこに向かうかわからないが、遠回りになることは間違いないだろう。気温も徐々に上がりつつあるなかで、別に選ぶ必要はなかった。

しかし。

『例えば、いつもと違う道を行くだけでも、何か新しい発見があるかもしれない』

紘葉の頭に、昨日のラジオの一節が流れる。

「……よし！」

自分に気合いを入れるように小さく叫んでから、彼女は右へ曲がって歩き出した。

なぜそんなことをしたのか、彼女自身にもよくわかっていない。ただなんとなく、結果の見えていることをしたくない、という想いが心に渦巻いていて、彼女を「新しいこと」へと突き動かした。だからこそ、紘葉はスマホで地図を確認したりもせず、ただただ気の向くままに足を動かしていった。

「うっわ、最悪……」

結果的に、選んだ道はハズレだった。途中からアスファルトで舗装された道路は途切れ、風で土埃の舞う畦道（あぜみち）を歩く羽目になり、彼女のお気に入りの靴はみるみるうちに茶色になっていく。

ただ、一つだけ思わぬ収穫もあった。

「あれ、こんな店があるんだ」

土を固めた道を抜けた先は、またアスファルトになっていて、そこに小ぢんまりとしたお店があった。手作りの看板で「ハーバリウムショップ」と書かれている。カフェのようにも見える洋風な造りの、いかにも趣味でやっていますというお店だ。

紘葉は緊張しながら入り口のドアを開ける。ベルの心地よい音色がカランコロンと響き、四十歳くらいの女性が出迎えてくれた。

「こ、こんにちは」

「いらっしゃいませ。ゆっくりご覧になってってください」

サテン素材のベージュのチュールスカートに薄クリーム色のニットシャツという洗練された格好、そして田舎特有の距離の近い話し方ではない接客に、紘葉は緊張しながらも嬉しくなる。

店内に綺麗にディスプレイされた赤、青、オレンジと色とりどりのハーバリウムは、見ているだけで心にかかった霧が晴れていく。昨日は星空にも心動かなかった彼女にとって、それは小さいながらも確実な変化だ。それなりに値段もするので買わなかったものの、手作り教室のビラやこの近くにある喫茶店の貼り紙なども見ながら、彼女は久々に心躍る時間を過ごした。

「またいらしてください」

「ありがとう、ございました」

ただ、店を出た後に彼女を待っていたのは、何も生み出さない自問自答だった。

確かに、幸運にも素敵な店を発見できた。でも、これは夏までに積み重なった不幸の裏返しのようでもある。五月頃から続いていた部活のストレスと辞めることになった悲しみを考えたら、こんなちっぽけな幸せなど焼け石に水のような出来事だ。

陰鬱な思考を脳内に広げていると、快晴に反比例するように気分が沈んでいく。彼女は、ひしゃげた心を映したように背中を丸めて、ため息をつきながら長い長い帰路を歩いていった。

その日の夜、紘葉は寝支度をして早々にベッドに潜り込む。昼間の散歩の疲れからすぐに寝られるかと思ったものの、つい時刻が気になってスマホをちらちら見てしまう。そして二三時二八分になったとき、彼女は寝ることを諦め、昨日のラジオアプリを立ち上げた。

「こんばんは。今日も始まりました、DJカオリのColor Your Life。時刻は二三時半になりました。今日も三十分、ここで皆さんの悩みとゆったりと向き合い、明日が少しでも色づくよう優しく応援していきたいと思います」

昨日と同じ挨拶で番組が始まる。その後も、幾つかのおたよりを読んでは感想や意見を言って曲を流すという、昨日と同じ構成だった。きっと、ずっとこのスタイルでやっているのだろう。

そして、番組も後半に差し掛かったとき、紘葉は思わずスマホに顔を近づけた。

「はい、昨日に引き続き、今日もグレースカイさんからおたより頂いています」

つまらない日々を変えたくて、昨日から毎日一つでも新しいことをしようと決めて過ごしているという、名前も顔も知らないリスナー。紘葉は、なぜか彼女のおたよりが気になって、この番組に二日連続で足を運んでいたのだった。

「『カオリさん、こんばんは。今日も何か新しいことをしようと思って、でもそんなすぐには思い浮かばなくて、スマホに入っている曲をランダムで再生してみました。すると、前聴いて微妙だと思ってた曲が流れてきたのですが、その歌詞と大サビが気に入ってしまって大好きになりました。それ以外の時間は退屈だったけど、一つ良いことがあったので今日は私の勝ちです笑』」

聞いていた紘葉は、目から鱗が落ちたような気になる。好きなアーティストや好きなアルバムでランダム再生することはあるけど、全曲をランダムにしたことはない。確かに、この一年まったく聴いていない曲などにも巡り合えそうだ。

パーソナリティであるカオリさんの話は続く。

「おたよりありがとう。これね、実は私もやったことあるのよ。ホントにしんどいときにランダムで流したことがあって。そうするとね、好きな曲が流れたら嬉しいし、グレースカイさんが書いてるみたいに、思ったより好きになる曲もあるし。もちろん、何回聴いてもイマイチな曲もあるんだけど、そのときは五分後に次の曲が流れるのが楽しみになるの。動画と違って好みに合わせて似たようなものばっかり流さないから、自分で新しいことをするエネルギーがないときに、ランダム再生ってすごく良い方法なのね。

　多分リスナーのみんなも薄々気づいてるかもしれないけど、人生ってね、面白くないこともいっぱいなんだ。そういうときって、幸せの閾値（しきいち）が下がってる。つまり、幸せを感じるハードルが低くなってる、って感じかな。だから、逆に少しのことで幸せを感じやすいの」

「幸せの閾値、かあ」

　紘葉はパーソナリティの言葉を復唱する。自分が幸せじゃないときの方が逆に幸せを感じやすくなっているなんて、人間は不思議な生き物だなと思いながら彼女は横になる。程良い低音のカオリさんの声が心地よかったからか、番組終わりまで聞いてすぐに、彼女は夢の世界へと誘われた。

＊＊＊

「あれ、紘ちゃん、どっか行くのかい？」

「うん、ちょっと散歩してくる」

　玄関先で祖母と言葉を交わし、紘葉は午前から家を出た。父母には何も言っていないが、高校生がこの家にずっといても退屈だということはわかってもらえるだろう。

「暑い……」

八月十日、水曜日。昨日よりも雲が少ない空で、邪魔者がいなくなった太陽が思う存分熱を出して暴れていた。まだ十時台なのに随分気温が高い。午後のより暑い時間帯に出なくて正解だ。紘葉は歩きながら日焼け止めを塗り、昨日は直進した道を右に曲がって進んでいった。

しばらくはペンションと民家、そして田畑があるだけの平地が広がっていた。東京で遊ぶと、ちょっと裏道を行くだけでも面白いカフェや雑貨屋が見つかったりするのに、と彼女は環境の違いを強く実感する。人通りも少なく、ここまでも五十代くらいの女性二人組や自転車に乗った母子とすれ違った程度だった。

休めるところを探していた彼女は、更に十分ほど歩き、ようやく木製のベンチと自販機を見つけた。ICカードなんて使えず、彼女はポケットに入れておいた財布から小銭をガチャガチャと勢いよく入れる。

「えいっ!」

誰も聞いていないのを良いことに、紘葉はちょっとだけ大声を出しながらレモンサイダーのボタンを押した。そして、自分のした謎の行動に思わず吹き出してしまう。

田舎は周囲の人との関わりが濃厚だというけれど、それはこの土地にずっと馴染んでいる人たちの話であって、彼女のようにたまに遊びに来る人間にとっては、どこか閉鎖的なコミュニケーションや人口の少なさが寂しさを生み出す。今の紘葉は孤独で、だからこそ一人でおどけたりしているのだ。

「うん、酸っぱくて美味しい」

車の排気音だけがけたたましく響く中で、彼女は感想を声に出す。それはさながら、部活でもこの村でも居場所を見つけられなかった自分の存在を示しているようだった。

「えっと、ランダム再生は、と」

紘葉はグレースカイさんを真似して、スマホの音楽アプリで普段使わないシャッフルのボタンを押して設定してみる。再生してみると、早速聴いたこともない曲が流れた。シングルだけ好きでアルバムごとダウンロードしたアーティストのアルバム曲だった。多分、一回は聴いたことがあると思うが、当時もそんなに心に引っ掛からなくて一番で飛ばしたのか、どんな曲だったかも忘れていた。

久しぶりに流した曲はやっぱりイマイチで、彼女は歌詞を見ながら次の曲を待つ。曲を送るボタンを押せばすぐにでも変えられるけど、それをやるのはルール違反な気がして、律儀に一曲終わるまで待った。次はどんな曲が流れてくるのか楽しみになる。グレースカイさんやカオリさんの言っていた意味が彼女にもよくわかった。

「あ、これ！」

次に流れてきたのは、昔好きだった曲だった。最近はめっきり活動が減ったアーティストで、流したのも二年ぶりくらいだ。友達と仲違いしていたときに、歌詞に共感して延々とリピートしていたのを彼女は思い出す。今聴き直しても、色々上手く進んでいなくて立ち止まっている自分に歌詞がしっくりきて、ささくれ立った心をサンドペーパーで優しく撫でるように染み込んできた。

自分のお気に入りの曲が思いもよらない形で復活した喜びに、紘葉は木製のベンチから立ち上がってグッと伸びをしてみる。ちょうどそのタイミングで、目の前を同い年くらいの女子がすれ違う。ワイヤレスイヤホンを耳にはめている彼女がひょっとしてグレースカイさんかもしれないと思うと、紘葉は自然と口元が綻んだ。

そのまま座り直した彼女は、相変わらずランダムで流れている曲を聴きながら、ぼんやりと空を見上げる。部室の窓から見えた青空が重なり、思考が自分の内側へ内側へと入っていくにつれて、音楽はどんどん意識の埒外へと消えていった。

私はどうすれば良かったのだろうか。相槌だけでも陰口に参加すれば良かったのだろうか。ポーズだけでも、部長か副部長のどちらかにつけば良かったのだろうか。そういうことがその場のノリでできない不器用さが悪かった？　あるいは学校選びを間違えた？　自問自答しては、心の中にいる真っ直ぐな自分が首を横に振る。自分はただ、楽しく吹きたかっただけなのに。その想いが膨らんで抑えきれなくなって、飲み終えたペットボトルをベンチの淵に打ち付けるとカツンと気の抜けた音を立てた。

「暑くない？　今から演奏ってやばい！」

「待って、水筒もう空っぽなんだけど！」

女子二人の笑い合う声が聞こえ、紘葉が遠くに目を凝らすと、楽器が入っているであろうバッグを背負った制服姿の女子二人が、自転車を立ち漕ぎしてこちらに向かって走っていた。よく見ると、二人の制服は色もデザインも違う。夏休みの部活の練習が終わり、旧友同志で練習でもするのだろうか。勝手に自分と比較して、彼女は落胆のため息をつく。

そういえば、中学の時に吹奏楽部で一緒だったトランペットの裕香も、高校に入ってすぐ部活を辞めたとSNSで言ってたな。あのときはただただびっくりしたけど、彼女もきっと何か悩みを抱えていたのだろう。想像すると、すぐ自分のことを思い出してしまい、紘葉はまた項垂れる。

耳を澄ませると自分の好きな音楽がイヤホンから流れていて、彼女は殻に閉じこもるようにグッとうずくまり、そのLとRの世界に浸った。

その日の夕飯。紘葉はもう一つ、「新しい経験」をすることになった。

「あ、ここ、よく出るわよね」

豚肉の冷しゃぶにポン酢をかけながら、母親はテレビをさす。そこには、甲子園常連校の吹奏楽部が出ていた。大人数での演奏もよく話題になる学校だ。

「そう、だね。去年もテレビ出てた気がする」

甲子園の季節、こういう特集が組まれるのも不思議じゃない。それでも、絃葉の中には抵抗感があった。彼女もまた、六月の甲子園の予選で少しだけホルンを吹いていたのだ。炎天下でヒットが出るたびに小気味よい音楽を奏でていた記憶が蘇り、食事の箸が止まる。

母もその様子を察したのか、やや冗談めかして片付けようとした。

「まあね、ほら。絃葉も運が悪かったっていうか、ね」

絃葉もいつもの通り流そうとしたものの、一言だけ言い返したくなった。

どうしよう、言ってもいいのだろうか。乾燥した唇を軽く舐める。

そのとき、浮かんできたのはグレースカイさんのおたよりだった。

【新しいことにチャレンジする】

それならこれも、新しいことになるかな。

背中を押された気がして、思い切って口を開く。

「運、で片付けてほしくない」

「え?」

食卓が一瞬で静寂に包まれ、喉が一気に渇く。震える手を、テーブルの下でギュッと握る。

「私なりに一生懸命悩んで、苦しんで、どうしてもダメで離れたの。だから、運が悪かったってだけで終わりにしてほしくないな」

「……そうよね、ごめんなさい。紘葉がしんどかったの、わかってたのにね。イヤな言い方しちゃった」

「ううん、大丈夫」

今日は初めて、母親に喧嘩腰ではなく、きちんと意見を言うことができた。紘葉の肩の力がフッと抜け、テレビも別のコーナーに変わって、元の食卓に戻った。


夕飯とお風呂と、すっかり見飽きた夏の星座の鑑賞を終えて、彼女は自分の部屋に戻る。すぐ寝ることもできたけど、スマホでネットニュースや動画を見ながら時間を潰して、二三時半を待った。目的はもちろん、あのラジオだ。

「こんばんは。今日も始まりました、DJカオリのColor Your Life」

この県内でしか流れていないラジオ番組。今日すれ違った楽器を持った女子二人もひょっとしたら聞いているかもしれないと思うと、なんだか番組自体に愛着が湧いてくる。

「では早速、おたよりを紹介していきたいと思います」

番組に寄せられたメッセージが読まれるが、紘葉はほとんど上の空で聞いていた。お目当てのリスナーがいるからだ。

「では続いて、この方のメールを楽しみに待っていた方もいるんじゃないかな？　今日もグレースカイさんのおたよりを読んでいきたいと思います」

「よしっ！」

肘で上半身を支えるようにうつ伏せになっていた彼女は、喜色を湛えて思わず声を上げる。読まれることより、リスナーの彼女が今日も何か報告できるような新しいチャレンジをしたのだろうということが自分のことのように嬉しかった。

「『カオリさん、こんばんは。暑いですが元気ですか？　去年みたいに夏バテしてませんか？』はい、なんとか元気にやってます。といっても昼はちょっと夏バテ気味で、かけ蕎麦を食べてましたね。食べるラー油入れて辛くすると、するするとお腹に入るんですよ。私はつけ蕎麦だとわさび派なんですけど、かけ蕎麦のときは食べるラー油をがさっと乗せると……ってすみません、だいぶ脱線しましたね」

蕎麦について熱く論じたカオリさんに、紘葉は小さく笑いをこぼした。

「続けます。『新しいことチャレンジの三日目ですが、せっかく夏休みで昼に時間があったので、初めて夏休みにご飯を作ってみました。家に野菜があったので、牛肉を買ってきて肉じゃがを作りましたよ。スマホでレシピを見ながら調理してたんですけど、野菜とか全然切り慣れてなくて、特に玉ねぎを櫛形に切るのとかすごく手間取っちゃいました。調理時間二五分くらいって書いてあったんですけど、倍の時間かかりましたね笑
自分で作ったものはやっぱり美味しい！って言えれば良いんですけど、実際はぼんやりした薄味になっちゃって……母親の料理とかスーパーのお惣菜とかすごいなって改めて実感しました』」

「肉じゃがかあ。切るの大変そう」

まるでグレースカイさんと対話するように、紘葉は相槌を打つ。調理実習以外ではほとんど料理をしない彼女からすると、煮込む工程のある和食を作るのはとても難しいことに思えた。

「『何かを作るって、結構良いリフレッシュになりますね。今日はみんな出かけていて、一人でいるとつい悶々と考えてしまうんですけど、調理に没頭して忘れることができました。

実は、先月はクラスで上手くいってなかったんです。入っていた女子グループの中でちょっとトラブルがあって、爪弾きにされてしまいました。夏休み前の数日は遅刻や欠席が多くて、少し不登校っぽくなっちゃってたんですが、平日家にいる時間はすごく寂しかったので、夏休み明けからちゃんと復帰したいなと思いました』」

彼女の突然の告白を、絋葉は目を丸くして聞いていたものの、どこか予想がついていた。何の理由もなく、夏休みがつまらなくなることなど考えられない。絋葉自身と同じように辛いことがあったからこそ、抜けるような青空も灰色に見えてしまうのだろう。絋葉は、彼女に勝手に親近感を覚えていた。

「おたよりありがとう。辛いことも吐き出してくれてありがとう」

カオリさんは、これまでよりも柔らかい声でお礼を口にした、

「何かを作るって、もちろんすごく楽しいんだけど、グレースカイさんが言ってるように没頭できるっていうのも大きいよね。夢中になってる間は、辛いことも忘れられる。もちろんゲームとかも没頭できるんだけど、私が今まで経験したことを伝えるなら、ゲームとかドラマを見るのって、終わった後に虚無感が襲ってきたりすることがあるんだ。なんか無駄な時間過ごしちゃったって。だから、できたら消費じゃなくて、何かを作ってみると良いと思う。料理とか手芸とか、手を使う作業をすると没頭しやすいかな。

それで、今のうちに作る楽しさと、難しさを知ってほしい。特に人数が増える場合かな。一人より二人、二人よりグループの方が、何かを作り上げるって大変になっていくから」

「うん、大変だよ」

紘葉は、またも一方的に話しているだけのラジオに返事をする。放送局には何も届かないのに、本当に話に共感できて、声に出さずにはいられなかった。

大勢で一つのことを作り上げるのは難しい。吹奏楽も正にそうだと、彼女はよく理解していた。お互いタイミングやボリュームを合わせないと綺麗なハーモニーにならない、という技術的なことももちろんだけど、そもそも全員が同じ目標に向けて一致団結していないと部活自体が立ち行かない。仲違いや悪口が蔓延るなかでパート練習と全体練習をやっていくこと自体が無理なことに近かった。

「没頭……没頭できることかあ……」

自分が明日できることがあるだろうか。紘葉は想像を膨らませながら水色のタオルケットに包まる。彼女自身は気づいてなかったが、それは久しぶりの「明日を楽しみに寝る」という一日の終わりだった。

＊＊＊

「さすがに料理、は作れないなあ」

十一日の木曜朝。ハムととろけるチーズを乗せたトーストをもしゃもしゃと頬張りながら、紘葉は呟いた。リフォームしたカウンターキッチンの視線の先では、祖母が自分用のキュウリの浅漬けを作っている。

「どうしたの、紘葉。料理したいの？」

「あ、いや、そういうわけじゃなくて」

母親に聞かれ、両手と首を大きく振って否定する。

「紘ちゃん、もし使いたいなら遠慮なく使いなね。私は昼ご飯のときに使えればいいんだから。食材もあるものは自由に使っていいよ」

「なんだなんだ、紘葉の手料理が食べられるのか」

「もう、おばあちゃんもお父さんも違うの！　ちょっと別の話！」

矢継ぎ早に話を振られた彼女はミルクティーを飲みながら苦笑し、その様子を見た家族三人は朗笑（ろうしょう）する。

「紘ちゃんは得意料理ってあるの？」

「ううん……あ、オムライスだけは得意だよ。フワフワに作れる」

「へえ。結構難しいだろ？」

「うん、何度か失敗して、料理の動画見ながら練習したんだ」

朝食を終えた彼女は、シンクにマグカップとお皿を持っていく。家族でこんな風に談笑するのは、彼女がここに来てから初めてのことだった。

「外行ってきまーす」

「気をつけてね！」

　ご飯を食べてからしばらく家でゆっくりしていた紘葉は、母親に見送られ一五時過ぎに家を出た。連日思うがままに存在感を示していた太陽を、シュークリームのように膨らんだ雲が隠す。気温もそこまで上がらず、高所である恩恵を十二分に受けた過ごしやすい気候になっていた。

「さて、今日は何しようかな」

　昨日はグレースカイさんを真似してみたものの、さすがに外で料理はできない。歩きながら彼女はやりたいことを考える。これまではいつもと違う道を歩いたり、音楽をランダムで再生したり、ラジオで聞いた「新しいこと」をやっていたけど、今日は「新しいことを見つける」という新しいことをすることになりそうだ。

　そんなものがすぐに見つかるのかという不安と、どんなものに出会えるかという期待が、彼女の胸の中でないまぜになり、紘葉は一回大きく深呼吸してみた。

「ううん、新しいことかあ……」

　アイディアがまとまらないまま、お決まりの散歩コースを歩いて道を下る。そして、火曜日にいつもと違う方向を選んだ別れ道に来たときだった。

「あ、そういえば！」

　あることを思い出して、提げていたサコッシュの中をあさる。そこにはこの前しまったビラが入っていた。

よし、と自分に気合いをいれるようにパチンと指を鳴らし、紘葉は火曜と同じように、遠回りの道を選んで右に曲がった。

しばらく歩き、やがて見えてきたのは、ちょっとしたペンションよりずっとオシャレな洋風な造りの建物。この前たまたま見つけた、ハーバリウムのお店だった。

紘葉は店内に人がいないか窓ガラスから確認して、おそるおそる店に入る。カラコロというベルの音で、一人でやっているのであろう女性店主が彼女の方に早足で向かってきた。

「いらっしゃい。この前も来てくれましたよね?」

「あ、はい。あの……」

一瞬言葉に詰まる。彼女の脳内に、カオリさんの声が浮かんできて、彼女はギュッと手に力を入れた。

「ハーバリウム作りを体験できるって、この前見たんですけど……」

紘葉はビラを見せる。さっき手を握ったときに少し折り目のついてしまったその紙には、可愛いポップ体のフォントで「ハーバリウムを手作りしてみませんか?」と書かれていた。

「あ、はい。できますよ。千五百円で、このくらいの大きさのができますけど、やってみますか？」

親指と人差し指を広げて高さを示した店主に、紘葉は「お願いします」と軽くお辞儀をした。


「用意するものは、ドライフラワーとガラス瓶と専用のオイル、花を切るためのハサミ、摘まむためのピンセットね。生花はハーバリウムにあんまり向かないの。水分を含んでるから、カビや細菌繁殖の原因になって、長期保存には適さないのよね」

「そうなんですね。切り花でやるんだと思ってました」

お店の奥にある、たくさんの花や葉が並んだテーブルで、紘葉は店主から作り方を説明される。ブラウンのニットワンピにネイビーのパンツという格好の店主は、鮮やかなオレンジ色のチョーカーが夏らしいコーディネートだった。

「まずはお花から入れるわよ。この瓶のサイズに合わせてお花をカットしていくの。茎の長さなんだけど、瓶の中で斜めに立てかかるくらいの長さだと型崩れしにくいわ」

「わかりました。あの、入れる順番とかってあるんですか？」

栄養ドリンクの瓶くらいのガラス瓶を見ながら、紘葉は店主に質問してみる。知らない人と話すのは緊張するけど、どうせなら良いものを作りたかった。

「良い質問ね。カットしたお花と葉を交互に入れていくと綺麗な並びになると思う。

片方にお花が寄っちゃったりしにくいからね。で、最後にオイルを入れれば完成。ボトルから垂れないように注ぎ口から慎重に注いでね」

「はい、やってみます」

私は向こうにいるから、と言って彼女は去っていき、絃葉は若干緊張の面持ちで作業を始めた。

店内に小さな音で流れるボサノバを聴きながら、彼女は花を選んでいく。種類と色ごとに分けられたカゴに盛られた花には、名前が書かれていた。

「カラーは揃ってた方がいいよね」

花束のように色とりどりのものより、テーマカラーを決めた方が失敗しない気がする。絃葉はそう考え、夏でも涼やかな青をテーマにして花を選んでいく。アジサイ、スターフラワー、スターチス、ペッパーベリー……初めて見る花もあって、こんなに鮮やかな青い花や実があるのかと新鮮な驚きを覚えた。

立てた瓶に茎を当てて長さを測りながらハサミでパチンと切っていくなかで、彼女はすっかり作業に夢中になっている自分に気がつく。手を動かすと没頭できる、というDJカオリさんの話は本当らしい。

「近くに住んでるの?」

不意に、店主が話しかけてきた。ことりとテーブルにオレンジジュースのグラスを置いて「良かったら飲んで」と優しく微笑む。絃葉は「ありがとうございます！」と口をつけ、オレンジ特有の程良い酸味を感じながら喉を潤した。

「いえ、父母がここの出身なので今週は祖母の家に来てます」

「そうなんだ。ふふっ、何にもないでしょ、この辺り」

「え、あ、いや、はい……」

同意したら失礼になるかな、と彼女は不安になったものの、最初に素直にリアクションしてしまったので、正直に答えた。

「私もおんなじこと思ってたから大丈夫」

「……そうなんですか？」

そう尋ねると、店主は店の入り口の方に首を向け、昔を懐かしむように目を細めた。

「結婚して名古屋からこっち来たのよ。ホントに娯楽がなくて退屈になっちゃってさ。じゃあ自分が楽しいと思うことやろうと思って、働いてお金貯めて、ここにお店出したの」

「すごい！　ここも全部自分で作ったんですね！　素敵なお店です！」

「ありがと。ごめんね、邪魔しちゃった。ゆっくり作ってね」

レジの方に戻っていった店主をしばらく目で追った後、絃葉はまた作業に戻った。

茎の長さを揃えながら、入れるもののバランスを考える。緑の葉があまり入らない方がいいだろうか、ペッパーベリーを入れすぎると花が目立たなくなるのでは。幾つかの花材を並べて考えていると、壁に掛けられた時計の長針がどんどん加速していくように感じた。

「よし、これで入れてみよう」

ピンセットを持って震える手で花を摘まみ、紘葉は瓶の中に入れていく。アドバイスをもらった通り、花や実と葉を交互に入れると、確かにバランス良く配置できた。目一杯詰め込みたくなったけど、少しくらい空間があった方が見やすい気がする。

彼女は、ちょうど近くの棚を掃除していた店主に声をかけた。

「あの、瓶に入れ終わったんですけど、こんな感じで大丈夫でしょうか……？」

「どれどれ。あ、うん、上手にできてるわね。じゃあこれを使ってオイル入れてみて」

注ぎ口のついたボトルキャップで、ゆっくりとオイルを注いでいく。グラスにスッとオイルが注がれ、茎や葉が優しく揺れた。

「できた！」

シルバーのフタをしめて完成。世界にたった一つの、小森紘葉だけの青いハーバリウムが完成した。

「おつかれさま。すごく綺麗にできてる！」

店主は陽光に透かすように瓶を目の高さまで持っていく。紘葉が遠くから見ても、とても満足のいく出来栄えになっていて、彼女は自然と口角が上がった。

「この袋に入れて持って帰って。あとこれ、オイルが漏れたときにどうするかとか、まとめてあるから一緒に入れておくわね」

「ありがとうございました！」

お金を払い、お礼を言って彼女は店を出ていく。抱えるように胸の前で持っているアイボリーの袋も、楽しそうに揺れていた。

「ふふっ」

相変わらず過ごしやすい気候で、彼女は軽くスキップしてみる。思った以上に楽しかった。

しかし、しばらくすると、その気持ちも日の経った風船のように萎んでいく。

「やっぱりなあ……」

ハーバリウムを作るのは楽しかった。作ることに没頭するとネガティブな感情がいなくなるというのも身をもって実感した。それは本当だ。

だからこそ、作業を終えたことでネガティブが戻ってきたらしい。「満たされない」という想いが心の中に満ちていく。ちょうど瓶にオイルを注いだときのように。

どんなものでも、みんなで楽器を演奏する楽しさには到底敵わない。コンクールやコンサートの高揚感を、今でもすぐに思い出せる。

そして絃葉は痛烈に自覚する。結局自分は、楽器が大好きなのだ。音を鳴らして、メロディーを重ねて、曲を奏でるのが大好きなのだ。皮肉にも部活から離れたことで、本当に楽器が好きだと気づかされた。

辞めたくなかった。高校でも演奏していたかった。でも自分はあの環境には合わなかった。

ただ、今考えると、入学前にもう少し調べても良かったのかもしれない。強豪校だもの、コンクール出場メンバーに選ばれるのも激戦なのは当たり前で、そこには当然競争も嫉妬も渦巻くと、ちょっと考えればわかったのに。

自分はなぜあの高校の吹奏楽部に入りたかったのか。他の吹奏楽部から一目置かれたかった？　コンクールで全国に行きたかった？　そんなことじゃない。自分はただ、みんなで吹くのが好きで、中学の時からホルンが好きだっただけ。だからこそ、教え方の上手い先生がいて、レベルの高い人が集まる場所で合奏したかった。

「……ふっ……うっ……うう………」

絃葉は泣くのを止めようとするが、気持ちを抑えようとすればするほど、勝手に涙が零れてしまう。下を向いて歩いていると、道路に自分の影が伸びてきた。見上げた空に、燃えるような夕陽がかかっていて、眩しいほどの美しいオレンジが胸を焦がす。

「うあぁ……イヤだ……イヤだよ…………」

田舎で誰もいないのを良いことに、彼女は我慢せずに泣いた。とめどなく流れる涙を拭くこともせず、頬に濡れ跡を作って服に浸み込ませる。声を上げて泣いたのは、部活を辞めた日以来だった。


その日の夜。紘葉はいつものようにラジオをベッドに置いて横になる。夕方感情を爆発させたからか、幾分スッキリした気分になっていた。

二三時半になり、「Color Your Life」の放送が始まる。青のハーバリウムに赤い夕陽と、今日は色に囲まれた日だったと、彼女は一日を思い返す。

DJカオリさんの落ち着いた声で番組が進んでいき、番組の後半に差し掛かって一曲流れた後だった。

「それでは、次のおたよりです。今週はこの方のメールを楽しみにしている方も多いのではないでしょうか」

「始まった！」

紘葉は身体を少しだけ起こす。彼女も、楽しみにしているリスナーの一人だった。

「皆さんお待ちかね、グレースカイさんからのおたよりです。

『カオリさん、こんばんは。ついに木曜日になりました。私の新しいことへのチャレンジもあと二日です。今日はどんなことをやろうか、たくさん悩んだ結果、新しいメイクを買ってみました。これまではチークとリップだけだったんだけど、アイシャドーもやってみることにしました。今日家で少しやってみましたが、ネットの写真みたいに上手く塗れなくてちょっと怖い感じになりました笑　少しずつ慣れていって、夏休み明けには今までずっとアイシャドーをやってたかのように何食わぬ顔で学校に行きたいと思います』」

「化粧かあ……」

聞いていた彼女は、持ってきた自分のバッグを見遣る。目、眉、肌、口とひと通りのコスメセットは持ってるものの、学校にはほとんどつけていってない。初めてアイシャドーを塗ったときは、自分も鏡を見ながら緊張してブラシを動かしたものだ。

「『でもカオリさん、私、メイクで生まれ変わった気分になって、考えたことがあるんです。こうして毎日新しいことをしてきたから、世界にはまだまだ私がやったことないことが溢れてるって気づかされました。だから、確かに最近はつまらない毎日だったけど、この先もずっとつまらないだろうとは思わなくなったんです。これって大きな進歩じゃないですか？』

グレースカイさん、今日もありがとう」

紘葉は彼女からのおたよりを真剣に聞いていた。確かに、自分もやったことがないことだらけだ。大学に入ったら、もっと一人でできることも増えるだろう。ずっと退屈な日々ではないのだ、ということに期待を感じながら、パーソナリティの話に引き続き耳を傾ける。

「そうなんだよね、世の中って本当に、自分が知らないもの、経験したことがないものばっかりなのよ。

実は私も、グレースカイさんに触発されて、今日新しいことをやってみました！　何だと思う？　三二歳のチャレンジ、人生初カヤックを体験したよ！

カヤックってわかるかな？　両側に水かきのついたパドルで漕ぐ、ボートみたいなヤツね。友達と二人で車で青木湖まで行って、レンタルして乗ってみたの。初めにインストラクターさんがついて漕ぎ方教えてもらったんだけど、いざ乗ったら流れに逆らって進むのが難しくてびっくりした！　川の流れって緩やかに見えるじゃない？　でも乗ったら全然そんなことなくて、すぐ斜めに行ったり座礁しそうになったりして。よく『流れに逆らう』って比喩表現使うけど、もう容易には使えないなって思ったね」

「ふふっ、確かに」

最後に挟まれたちょっとした小ネタに絃葉は吹き出す。オチまでついて見事なトークだったけど、グレースカイさんに触発されて動いているのが自分だけじゃないと知れたのも、彼女にとっては大きな喜びだった。

「じゃあ次のおたよりの前に一曲聴いてください」

そうして女性ボーカルのミディアムバラードが流れる。今日もこのラジオが聞けて良かったと思いながら、絃葉は残りの放送を楽しんだ。

＊＊＊

「ごめん、少し出てくる！」

「ちょっと絃葉、出てくるってもうすぐお昼よ」

玄関で絃葉の母親が止めようとするが、彼女は既に靴を履き、押すだけでドアが開く細いドアノブに手を掛けていた。

「午後から天気崩れるでしょ？　今のうちに行っておきたくて。なるべく早く戻るから、ね！」

「まあそれならいいけど……ってちょっと待ちなさい絃葉！　それ持ってくの！」

母親が再び制そうとしたときにはもう遅い。彼女は大きな黒いバッグを持って、外へ飛び出していた。

「はっ……はっ……」

八月一二日、金曜日。祖母の家に泊まる最後の日。息を切らして、黒髪を踊るように揺らしながら、彼女はいつもの散歩道とは逆に山を登っていく。昨日活躍できなかった鬱憤を晴らすかのごとく太陽はカンカン照りだったが、午後からは雨雲が来てこの村を濡らすらしい。やるなら今のうちだと思うと、傾斜のある道も足取り軽く歩くことができた。

「着いた！」

二十分ほど登ったところで、見晴らしの良い草原に出た。以前父親に教えてもらった、ハイキングのときにオススメの休憩ポイントだ。

「誰もいなくて良かった」

そう呟きながら、彼女は黒いバッグの留め具をガチャリと外す。中から、金色に輝くホルンが出てきた。吹く前にロータリーと呼ばれる丸いバルブの部分にオイルをさし、レバーを何度か動かして馴染ませた。

準備ができ、彼女は立ち上がる。音の出るベルという広がった口に右手を入れ、レバーに指を添えて、金管の中でも特に小さいマウスピースに優しく唇を当てた。

パーーーッ　パパーーーーッ

膨らみのある音が鳴り、草原に響き渡る。多分、この下に位置するペンションにも聞こえているだろう。祖母の家にも届いているかもしれない。

明日の朝には帰宅だ。帰らないといけない。だから、吹くなら雨になる前のこのタイミングしかなかった。

パーーーッ　パパパーーーッ

今日の新しいことは、「部活を辞めてから初めてホルンを吹くこと」だ。まったく新しいことというわけじゃないけど、紘葉が今日一番やりたいと思えたことだった。

音に強弱をつけたり、ドから高音のドまで音階を奏でてみたり。久しぶりだから息の量が安定しないけど、ちゃんと音は出る。

パッとマウスピースを口から外し、彼女は微笑む。トランペットみたいに抜けるような音色じゃないけど、この音が大好きだ。中学からずっと続けて、退部のショックで吹くのを止めていたけど、やっぱりホルンと離れるなんてできなかった。

「楽しい！」

一言だけそう叫んで、大きく深呼吸する。景色がさっきよりも開けて、緑も鮮やかになったように見えた。

バッグに楽器をしまい、来た道を下っていきながら、紘葉は清々しい心持ちになっていた。

昨日も感じたことだけど、世界には新しいことが広がっているし、自分の中にはやりたいことが光っている。自分が今何をすべきか考えてみると、すぐに答えが見つかった。

楽器が好きだ。楽器を吹くのが好きで、みんなで演奏するのが好きだ。だからそれだけは終わりにしたくない。何か方法を探す。あの高校だけが、吹く場所じゃない。

自分がやりたいことのために動いてみよう。

　ちょうど遠くに家が見えてくる。一度心を決めると、彼女は昨日見た燃えるような夕焼けを思い出して、なんでもできるような気分になった。


　その夜、紘葉はスマホにじっと視線を落としていた。画面に映っているのは、一人の友人の電話番号。かけようかかけまいか逡巡（しゅんじゅん）した末に、思い切って通話ボタンを押す。

「もしもし、紘葉？」

「裕香、久しぶり」

　相手は、同じ中学の吹奏楽部仲間だった裕香だ。高校でも吹奏楽部に入ったが、紘葉より先に辞めてしまっていた。

「どうしたの、急に」

「うん、実はちょっと相談があってさ」

　紘葉は夕飯を食べながら考えていたアイディアを話す。頭の中では、水曜日に見かけた、制服の違う二人の女子が楽器の練習に向かっている光景を思い出していた。

「どうかな、裕香」

緊張しながら返事を待つ。やがて、明るい声が耳元に飛び込んできた。

「面白そう。ちょっと真剣に考えさせて！」

「良かった、ありがと！　夏休み、どう？」

「聞いてよ、紘葉！　それがさ……」

紘葉は旧友と雑談を交わす。友人とこうして電話で楽しく話すこと自体、随分と久しぶりだった。


「あ、やば、始まっちゃう！」

通話を終えると、夜が深まり、たまに犬の遠吠えが聞こえるだけの静寂の時間になっていた。紘葉はスマホの時刻を見てハッとなり、慌ててラジオのアプリを立ち上げてベッドに寝転ぶ。別にそのまま机で聞いてもいいのだけど、なんとなくこのラジオは寝た状態で聞きたくて、彼女はリラックスした体勢でスピーカー部分から流れる音に耳を傾けた。

「こんばんは。今日も始まりました、ＤＪカオリのColor Your Life。時刻は二三時半になりました。今週最後の放送です。今夜は県内どこも雲一つなく、星が綺麗です。今日も三十分、ここで皆さんの悩みとゆったりと向き合い、明日が少しでも色づくよう優しく応援していきたいと思います」

　そういえば、さっき家族で見た星空は月曜に見たときより綺麗だったな、と思い返しながら、絃葉はスマホに映った金曜日の文字に目を遣る。明日土曜日からはこの番組もお休み。自分が帰るタイミングと合っていて良かった。

「では早速一つ目のおたよりを読んでいきましょう」

　いつもの通り、カオリさんがおたよりを読んでいく。友達と同じ人を好きになってしまった、姉とソリが合わない、ときどき虚無感に襲われる……絃葉と同世代の色んな人が、顔が見えない相手に、顔が見えない相手だからこそ、悩みを吐露して、カオリさんは綺麗事無しで答えていく。ＢＧＭも声も、変わらず心地よかった。

　そして放送終了まであと十分となり、ついに絃葉が待ちに待っていた時間が訪れる。

「それでは皆さん、今日もお待ちかねだったかと思います。今週最後のおたより、月曜からずっとメールをくれていた、グレースカイさんからです」

　絃葉はバッと頭を持ち上げる。八日からおたよりを聞いていた彼女にとって、グレースカイさんは既に一週間を共にした仲間のような存在だった。この県のどこかに彼女も住んでいて、一緒にこの番組をドキドキしながら聞いているのだろう。

「では読みますね。

『カオリさん、こんばんは。月曜から始めていた新しいことのチャレンジも今日でいったん終わりです。今日はどんなことをしようかたくさん迷ったんですが、先月学校に行かなくなってから初めて、いつも一緒だったグループの友達に遊べないか声をかけてみました。新しいこと、と言えるかわからないけど、私にとっては同じくらい勇気のいることでした。一人は予定があって断られちゃったものの、もう一人は都合がついたので、映画を見て洋服を買いに行きました。もちろん、新しいメイクで！誘ってみて良かった、本当に良かったです。この一週間、悩むことも多かったし新しいことに腰が引けたこともあったけど、前に進むことができて楽しかったな。来週からはしばらくおたよりは無しで、ここに遊びに来ます。他の人のメッセージにもカオリさんの話にも元気をもらっています。リスナーの皆さん、明日からも私たちの人生がカラフルになりますように」

「おめでとう！」

思わず紘葉は小さく拍手をする。グループで不和ができて不登校気味だったというグレースカイさんが、同じグループの人と遊ぶ。この一週間で、彼女のこの後の学校生活も大きく変わったに違いない。

カオリさんが何を話すか、紘葉は期待を込めてラジオに意識を戻した。

「グレースカイさん、一週間ありがとう、そしておめでとう！　こんなありきたりな言葉じゃ全然足りないけど、本当によく頑張ったね。だからグループの子と遊べたって文を見て、ちょっと泣きそうになるくらい嬉しかったよ。

余計な言葉を重ねると野暮な気がするので、私の好きな歌詞を贈らせてね。

『叶わない夢を見るのは止めて　この今を夢のように彩っていく
それだけで僕たちは　いつだって新しくなれる　生まれ変われる』

最後に流すのは、この歌詞の歌です。グレースカイさんだけじゃなくて、今聞いている全ての人に届くように。今週もありがとうございました」

挨拶が終わると同時に、ギターのリフが流れる。バンドの曲だけどとてもポップで、寝る前のこの時間に聴いてもまったく耳障りじゃなかった。

「……どうしようかな」

放送が終わると、紘葉はスマホでこの番組のホームページを開く。「番組へのおたよりはこちらから」というボタンをクリックすると、投稿フォームに遷移した。

何文字か打ったものの、「いいや」とすぐにそのサイトのタブも電気も消してタオルケットに抱きつき、寝る姿勢になる。何かお礼のメッセージを書こうと思ったけど、このタイミングではない気がして、そのままさっき流れた曲の歌詞を思い出しながら目を瞑った。

＊＊＊

翌日の九時。紘葉は、家から徒歩で行ける距離にある理容店に祖母と来ていた。

「紘ちゃんが私に切ってほしいなんて初めてね」

「えへへ、たまにはね。お代は朝のオムライスってことで」

「はいはい。美味しかったわよ」

祖母にハサミを入れられながら、紘葉は笑う。早起きして作ったオムライスは、久しぶりだったチキンライスも卵も上手くできて、家族みんなに好評だった。

「このくらい切っていいの？」

「うん、大丈夫」

肩まで伸びていた髪を、肩につかないくらい短くする。ここ最近の彼女からしたら、随分大きなヘアスタイルチェンジだ。

ジョキッと音がする度に、古い自分が落ちていく気がする。紘葉は、床に散らばった過去の自分を嬉しそうに見ていた。

「紘葉、できた？　あら、結構短くしたのね」

そろそろ出発ということで様子を見に来た母親がドアを開けると、ちょうどシャンプーとドライヤー、そして仕上げを終えた彼女は嬉しそうに立ち上がる。

「うん、生まれ変わった。ありがと、おばあちゃん」

また来るね、と挨拶して、紘葉は笑顔で車に乗り込んでいった。

＊＊＊

月曜日の二三時。長野県諏訪郡のとある家で、母親の甲高い声が響く。

「潮乃(しおの)、もうお母さんたち寝るからね！　夕ご飯、冷蔵庫入れておくから！」

「だからいらないって」

何度も食事を心配する母親に、つい苛立ってそう返事する。潮乃はベッドに横になりながら、今日の演劇部の練習を思い出していた。


もう八月のお盆で、来月には文化祭で発表だというのに、脚本と演出がしょっちゅう衝突し、潮乃を含む役者陣にも当たるようになっているので、まったく上手く進まない。せっかく有名俳優が在籍していたような歴史と実績のある演劇部なのに、部員の半数は文化祭が終わったら辞めると言っていて、彼女の高校生活は暗澹(あんたん)たる未来しか見えなかった。

「……なんか見るかな」

そう言ってアプリを触っていると、たまたまラジオのアプリを起動してしまった。別に見たい動画があったわけでもないので、そのまま県内の放送を流す。時刻は二三時半で、ちょうど番組が始まったばかりだった。

「……わかる。難しいよね」

DJカオリと名乗るパーソナリティが読む恋愛相談のおたよりと彼女の意見に、潮乃はつい相槌を打つ。

そして一曲聴き、そろそろ切ろうとしたときだった。

「では次のおたよりです。この方は……あ、珍しい、県外の方からですね。ラジオネーム『いつかの私へ』さんからです。

『カオリさん、こんばんは。本当は去年送るか迷ったのですが、一年経って改めておたよりを送ります。

一年前、私は部活の人間関係が嫌になって吹奏楽部を辞め、意気消沈のまま祖母の家のある長野に来ました。そこで聞いたのがこのラジオでした。DJカオリさんが読むメッセージ、そしてグレースカイさんというリスナーのおたよりに支えられたのを覚えています。当時、私と同じように毎日がつまらないと感じていたグレースカイさんが、一日一回新しいことをするという報告をしていて、私も彼女と同じように新しいことを見つけながら過ごすなかで、前を向くことができました。

学校では部活を辞めたけど、今、私は同じように吹奏楽部を続けられなかった生徒を集めて、グループを作って練習しています。楽器演奏のできるレンタルスペースを月極で借りて、一人四千円くらいずつ毎月出し合って練習場所を作ってるんです。お金もかかるし、高校のコンクールにも出られないけど、演奏できるのが本当に嬉しくて、毎日充実してますよ。今度みんなの母校の中学にかけあって、演奏会を企画する予定です。色んな中学を回るツアーみたいにできたら楽しいだろうなあ。

今年のお盆は忙しくてそっちへ行けないけど、今同じように悩んでる人たちに伝えたいと思ってこのおたよりを投稿しました。世界が思い通りにならなくてしんどくなったときも、自分が動けば世界は変わる。そのことが、これを聞いているいつかの私へ、少しでも届きますように』

おわり

あの夏、君が僕を呼んでくれたから

栗世凛

こうしているとふと、自分が何者なのか忘れそうになる瞬間が僕にはある。

高校生になって最初の夏休みは昨日で半分を折り返した。終業式から延々と繰り返された代わり映えのない休日は、僕の意識から学生という肩書きを引き剥がすには十分すぎる時間だった。明日から四十連休だと胸の内で小躍りしていた頃の全能感はすっかり消え失せ、社会性とか人道的な何かが日々損なわれていく感覚だけがあった。やはり何か部活動に入っておくべきだっただろうか。もう何十度目かになるそんな後悔は、エアコンの音と蝉の鳴き声によって今日も容易くかき消された。

コンコン、と扉を叩く音が思考に割り込んだ。こちらの返事も待たずに、妹の夕海が部屋に入ってきた。

「え、寒っ」

「寒っ、じゃないよ」

「ごめんごめん。あ、ちょっと温度上げるね」

闖入者は何食わぬ顔で人の部屋の冷房温度を調整する。ベッドの上でぐうたらと寝転がった僕からの視線は歯牙にもかけていない。

「で、何の用?」

「そうそう。にいちゃんにちょっとご相談がありまして」

「ああ、悪いけど勉強のことなら他を当たって。僕も宿題をやらなくちゃいけないから」

「まだ終わってなかったんだ。それにしては随分余裕そうだね、毎日枕に顔埋めて」

「うん。だから夕海がどんな難問で悩んでるのかは知らないけど、こんな人間に質問しに来るのだけは間違っていると断言しよう」

「断言する前に枕離れしようよ。全然上手くないし」

「そう？」

　夕海は今年で中学三年生になり、冬には高校受験を控えていた。それに向けてか、最近は居間のダイニングテーブルで勉強している姿をよく見かける。それは珍しい光景だった。例年通りの夏休みであれば、妹が日中家にいることは滅多にない。僕に似ず、彼女は外向的な学生なのだ。

「って違うちがう、そうじゃなくて、私に気を遣わなくていいよって言いに来たの」

「ドューユーミーン、ユーミィ？」

　茶化さないで、と夕海が頬を膨らませる。

「私が受験生だからって気を遣って、この夏休み一度も友達と遊んでないでしょ？　にいちゃんが外に出かけたところまだ見てないから」

「……ああ、うん、そうだ、そうだよ、そうだけど何か？」

「うん、だから遠慮しなくていいから遊びに行っていいよ」

「いやいや、さすがに遠慮させてよ。毎日必死に頑張ってる妹を尻目に、のうのうと蝉とりに行けるほど僕は無神経じゃない」

「別に蝉取りに行けとは言ってないし、もう十分その図太さは証明されてると思うけど」

指摘されたので、僕はベッドの上で身を起こした。布団と接触していた部分から温もりがなくなって気づく、確かに室内は少し肌寒い。

「とにかく、にいちゃんに我慢を強いてるって思うと、私が勉強に集中できなくなっちゃうの」

「なるほど。優しい子だ」

「ね、だから遊びに行ってきて？」

「……え、今から？」

「うん」

「さすがにそんな急には……」

「え？　もしかして、にいちゃんって友達」

「いや、いる、いるよ、いますけど何か？」

「だよね。じゃあ今日まで溜めた分、しっかり楽しんできてよ」

差し向けられたこの笑顔に他意はないのだろうと思った。妹は本当に思いやりのある子だ。それは交友関係の広さでも証明されている。

同時に一つ学んだ。厚意の行為が必ずしも、相手にとってポジティブに作用するとは限らないらしい。妹の無邪気な親切心が、僕には老婆心としてしか享受できないように。

それでも僕は笑顔を作る。友達は一人もいないくせに、くだらない虚栄心だけは一丁前にあった。

「じゃあそうさせてもらおうかな。そこのスマホとってくれる？」

夕海からスマホを受け取り、僕の親指はメッセージアプリを開いた。空っぽだった。

鼻歌混じりに夕海が部屋を去った後、僕は外出の支度を始めた。手頃な私服が見つからなかったので、高校の夏服に袖を通した。久しぶりに着ると少し違和感がある。五ミリほどサイズが大きい靴を履いたような感覚だった。

服装を見られると何か言われそうな気がしたので、夕海が便所に入ったタイミングを見計らって、僕は一階に下りて玄関に向かった。靴を履き、玄関の扉を開ける。

灼熱（しゃくねつ）、という言葉が頭をよぎった。雲一つない青空には太陽が燦々（さんさん）と輝き、熱気でアスファルトの道路が揺らめいていた。そういえば今朝のテレビで、お天気キャスターの女性が猛暑日になると言っていたことを思い出す。彼女は素敵な笑顔をカメラに向けていたが、この暑さは笑えない。

目的もなく屋外を歩き続けるのは危険だ。僕は早急に行き先を検討し、市民図書館に行くことにした。冷房があるからだ。

自宅の最寄り駅から電車に乗り、二駅隣で下車。そこからさらに五分ほど歩くと、いかにも公共施設という風情の灰色の建物が見えてくる。

入口の自動ドアをくぐると心地良い冷気が全身を包んだ。エントランスホールを抜けて、受付カウンター前の広い通路に差し掛かったところで、「おい、お前」と、突然背中に声がかかった。振り返ると、見覚えのない少年がこちらを見上げていた。小学校低学年といったところだろうか、わんぱくそうな顔をしている。

「お前、高校生か？」

「そうだけど、何か用かな少年」

「高校生は夏休みなのに学校があるのか？」

そう言って少年はこちらを指差した。一瞬何のことかわからなかったが、その小さな指先が僕の衣服を指し示していることに気づいた。

「いや、高校生も夏休みは休みだよ」

「じゃあなんでそんな格好している」

「そうだねぇ……、少年、なぜ君はさっき『お前、高校生か？』と訊いてきたの？」

「その服着てるから」

「そう、つまりそれが理由。あとこれ以外にまともな服がないから」

「お前、変な奴だな」

正直に言えば、子どもと関わるのはあまり得意じゃない。人の本質をいとも容易く見抜くところと、思ったことをすぐ口に出すところがすごく苦手だ。

「少年、年上の人にお前とか変な奴とか言うのはあまり感心しないな。僕だから許すけど、僕じゃなかったら許さないかもしれない。いいかい、今度からは気をつけるんだよ」

「……やっぱり変な奴」

眉を寄せて彼は走り去っていった。僕は気を取り直して適当な本を探すことにした。児童書と昆虫や乗り物図鑑のコーナーを避けて書棚の間をぼんやりと歩いていた。

ふと、僕は足を止めた。小難しそうな学術本が整然と並んだ一角だった。「思考実験」という文字が入った本に妙に好奇心をくすぐられたのだ。手にとって開いてみる。

思考実験というのが、頭の中で行う実験を意味することはその名から大体想像がついた。冒頭にはもう少し具体的に説明されてた。技術的あるいは倫理的に実現不可能な実験を、既知の事実や理論などを組み合わせることで仮想的にシミュレーションする手段らしい。高価な装置や深い専門知識を必要としないことから、様々な分野の科学者たちに重宝されてきた手段だという。

ただし僕がこれを読むには些か教養が不足していた。想像以上の難解さと文字の多さにただただ目がくらんだ。到底理解できる内容ではなかったが、流し見程度にページを捲り続けていた。するとどこかで聞いたことがあるようなフレーズが目に留まった。

シュレディンガーの猫——シュレディンガーという名の科学者が提唱した思考実験だ。著者がその内容をアレンジして簡単にまとめていた。例えば、に続く文字の羅列を僕は目でたどった。

『一つの箱の中に生きた猫と一時間に一回毒ガスを噴出する装置を入れて蓋をする。毒ガスの噴出タイミングは完全にランダムで、三十分が経過した。この時、箱の中身はどうなっているか。猫は生きているか、あるいは死んでいるか。普段我々が知覚している巨視的な世界においてはそのどちらかになると思われる。しかし同じ問いに量子力学的な解を与えるならば、猫の状態はその両方ということになる。生きてもいるし死んでもいる。そんな奇妙な状態が成立するのだ。観測者が蓋を開けた時に、猫の状態は確定する——』

そこで僕は顔を上げた。目的とか理論の深部が皆目わからない僕にしてみれば、だからどうしたと首を傾げざるを得ない内容だが、しかし同時に、量子レベルで取るに足らない疑問が脳裏に浮かび上がった。

この高一の夏休みを四次元的な箱に見立てた時、僕は一体何者になるのだろうか。

そういえば朝も同じようなことを考えていた。

高校生というレッテルを一時的にではあるが失っている状態だ。部活はやっていないから、組織の一員という肩書きもない。自宅で生活していれば、少なくとも越我という名字を持つ存在であることは確定する。しかし今は外にいる。

顔を上げて周囲を見回した。僕が何者なのか、教えてくれる人はどこにもいない。

冷えた汗が悪寒となって背中に張り付いていた。

「越我っち」

ふいに僕を呼ぶ声が聞こえた。反射的にそちらを見ると、書棚の陰から一人の女子が近づいてきた。

「よっ、終業式ぶりだね」

白いワンピースを着た彼女が誰なのか、一瞬わからなかった。しかしすぐに気づく。春川光璃だ。私服姿を見るのは初めてだった。

「なんだ春川さんか」

「えぇー、リアクション薄っ。休みの日にクラスメイトと偶然会ったらもっとこう、うわっ、とか、おおっ、とかならない？」

「人によるかな。春川さんは多分なる人だと思うけど、僕はならない人」

「確かに、そう言われるとちょっと納得かも」

　正直なところ、僕は内心驚いていた。こんな場所で春川に出会うとは予想していなかった。さらに意外なことに、見たところ彼女は一人のようだ。

「……ん？」

　なぜか春川は片手で自身の口元を押さえていた。頬が持ち上げられて目尻には皺ができ、何かを堪えているように全身が微動している。

「もしかして笑ってる？」

　僕の問いに、うん、とか細い声が返ってくる。笑い交じりの声音で彼女は続ける。

「越我っちさ、なんで今日制服なの？」

「え？　ああ、外行き用の私服がなくて。まあ必要もないんだけど」

「こ、高校生……ふふっ……」

「高校生？」

「……高校生って夏休みも学校あるの？」

　どういう意味だろうか。しばし訪れた沈黙の中、僕は顎に手を当てて質問の意味を考え、「あっ」とすぐに思い至った。

　小刻みに肩を震わせている春川に、動揺を悟られないように告げた。

「春川さん、今の気持ち言っていい？」

「どうぞ」

「うわっ、て感じ」

「――あっはっはっはっはっ！　もう駄目、限界！」

　どうやら先ほどの少年との一部始終を彼女に目撃されていたらしい。今すぐ頭を抱えてのたうち回りたい気持ちを僕はなんとか理性で抑え込んだ。お腹を抱えて天井を仰ぐ春川の笑い声は、静かな館内によく響いた。

　近くにいた初老の男性が聞こえよがしに咳払いした。春川はハッとして口を噤んだ。図書館はたちまち静寂を取り戻したが、なぜか僕まで悪戯を咎められた子どもみたいな気分になった。

　なんとなくバツが悪くなって僕たちは図書館を出た。外壁にとりつけられた時計を見ると、帰宅するにはまだ早い時間だった。

　近くにカラオケ店があることを僕は思い出した。そこで時間を潰そうと歩き出すと、なぜか当然のように春川もついてきた。そのあまりに自然な同行に突っ込みを入れる余地もなく、気づけば入店を済ませ、広々とした個室のソファに僕たちは並んで腰掛けていた。

「ごめんね、私のせいで。図書館追い出されるみたいになっちゃって」

　春川が言った。彼女は僕が何か目的を持って図書館にいたと思ったらしく、申し訳なさそうに頭を下げた。

　いいよ、と僕は応えて、あの場所に行くに至った経緯を簡単に説明した。変に罪悪感を与えるのは本意じゃないし、別に隠すようなことでもない。僕の話を聞き終えた彼女はほっとしたように笑みを浮かべた。


「あはは、なるほどね。それで友達と遊ぶふりして家を出てきたんだ。なんか越我っちらしい」

「うん。そういうわけだから春川さんが気にやむ必要はないよ」

「優しいんだね」

「まあ、僕には出来すぎたくらい自慢の妹だから」

「妹さんもだけど、越我っちも」

「なんで僕？」

「だって妹さんに余計な心配かけたくなくてそうしたんでしょ、受験勉強に集中できるように」

「それは過大評価だって。純粋に見栄を張っただけ」

「見栄だけで外に出れるほど今日の気温は優しくないと思うけどなー」

「外の暑さよりも僕の外面は厚いんだ」

「ふふっ、そういう無自覚なところも越我っちらしい」

僕らしい――そう何度も言えるほど春川は僕のことを知らないだろうに。それをわかっていてなお肯定されたような気持ちになれるのは言葉の妙である。

春川光璃とは別に仲が良いというわけではない。教室で時折喋るクラスメイト、というだけの平凡な関係だ。他人以上の友達未満といったところだろうか。

一学期の時、美術の授業のペアワークで僕だけ余ったことがあった。相方の似顔絵を描くという課題が出ており、僕は鏡を見ながら一人でそれをこなそうとしていた。そのことは担当教員にさえ気づかれていなかった。だが春川はすぐに気づいたらしく、僕の方に歩み寄ってきた。裏表のない笑顔を携えて、私たちと一緒にやらない、と彼女は声をかけてきた。それが僕たちの最初の接点だった。

あの一件以来、春川は折を見て僕に話しかけてくるようになった。ただしそれは彼女が僕個人に対して特別な感情を抱いているからではない。教室の隅っこが定位置の僕とは違い、彼女には男女問わず大勢の友達がいる。そんな誰に対しても友好的な物腰が彼女の性質であり、魅力の一つだった。僕はそれを重々理解していた。

ていうか、と春川が思い出したように口を開いた。

「越我っち、友達なら同じクラスにちゃんといるじゃん」

私でしょ、と自分を指差してカウントする人たらしを横目に、僕はアイスコーヒーのグラスに手を伸ばそうとした。

「それと、時山くんも」

そのひと言に僕は思わず手を止めた。「あれ、違った？」と彼女が首を傾げる。

「なんでそこで時山が出てくるの」

「二人、小学校の時同じサッカーチームに入ってたって前に聞いたから」

「誰から？」

「時山くん」

わざわざそんなことを言いふらしているのかあの男は、と僕は気色ばむ。

エピソード記憶というやつだろうか、その名に付随する思い出に良好なものはほとんど見当たらない。

「でも、そのわりには二人が喋ってるところ全然見ないけど」

「まあ僕は中学に入ってすぐにサッカーやめたし、それからあいつとはほとんど関わってないよ」

「へえ、そうなんだ……ま、生きてれば色々あるよね」

何かを察したのだろうか、春川はそれ以上何も訊いてこなかった。

彼女がマイクと曲を入れるタッチパネルを差し出してきたが、僕は両方受け取らなかった。時間さえ潰せればよかったし、人前で歌うことには慣れていない。彼女は気を悪くしたふうでもなく、そっか、と頷いた。

「じゃあ私歌っちゃうね。気が向いたらいつでもどうぞ」と、二人の間のテーブルにそれらを載せた。

春川は有名なアーティストの曲ばかり歌っていた。テレビの歌番組やレンタルショップなんかで頻繁に流れているようなやつだ。音楽に疎い僕でも「ああ、この曲か」となるものばかりで、なんとなく彼女はそれを意識して選曲しているようにも思えた。

ドリンクバーに席を立った時、僕はふと我に返った。思い出したように疑問が込み上げてくる。春川はなぜ僕なんかについてきたのだろうか。

部屋に戻るとちょうど曲が終わったところだったので、僕は尋ねた。

「今さらだけど、春川さん、なんで僕なんかといるの？」

面食らったように彼女はきょとんと固まった。たちどころに唇の両端が吊り上がり、自分と僕を交互に指差して言った。

「友達」

「それは他にいっぱいいるよね。いつも学校で一緒にいる子たちとか。彼女たちとお洒落なカフェに行ったりしなくていいの？　新作の飲み物頼んでＳＮＳ用に写真撮らなくていいの？」

「え、越我っちから見た私ってそんなイメージ？」

「うん」

「ほほーん」春川はマイクを置いてスマホを手にした。「それってこんな感じ？」カシャッ、とレンズをこちらに向けて素早くシャッターを切る。

「――ちょい、肖像権！」

「あはは、ＳＮＳとかには上げないから安心してよ。私、基本見る専だし」

　まあ確かに、クラスメイトの腑抜け面をアップロードして満たされる承認欲求が彼女にあるとも思えない。

「他の友達ともちゃんと会ってるよ。でも今日はその日じゃない……っていうか、今会っちゃうと駄目なんだ」

「喧嘩（けんか）でもしたの？」

　春川は緩やかに首を振った。「してないよ」

　彼女が予約していたバラード調の音楽が流れ始めたが、その手がマイクをとる気配はない。

「私って、わりと人から好かれやすいタイプみたいなんだよね」

　脈絡のない発言に、僕は一瞬耳を疑った。

　しかし、続く彼女の言葉は理性を失ったものではなかった。

「聞き上手だから何でも話せちゃうとか、誰の悪口も言わなくて性格が良いとか、遊びに誘ったらどこでも一緒に行ってくれて優しいとか、周りの子たちは私のことそんなふうにすごくポジティブに評価してくれる……でもそれって結局さ、よく言えば誰に対しても無害な存在だけど、悪く言えば自己がないってことだと思うんだ。客観的に見たら長所かもしれないけど、正直自分のそういうところ、昔からあんまり好きじゃなくて」

「どうして？」

「なんていうか、時々どれが本当の私なのか見失っちゃいそうになるから」

耳朶を打ったその声は、抵抗なく僕の胸に染み込んだ。そのたったひと言で、あの春川光璃に親近感に似た感情を抱いてしまうのは、少し自惚れが過ぎるだろうか。

それから春川は、ソファの上に置いていた自分のショルダーバッグを引き寄せた。中から財布を取り出すと、五千円札を一枚引き抜いてテーブルに載せた。

「なに、くれるの？　ありがと」

「あげないよ。これは光璃がこの夏休みにやりたいことに使いなって、この前おばあちゃん家に行ったときに貰ったの」

「ただの自慢か」

「違うちがう、これがさっきの越我っちの質問への答え。何で自分と一緒にいるのかって」

　首をひねった僕に、春川は得意げに人差し指を立ててみせる。

「おばあちゃんは特に深い意味なくああ言ってくれたんだろうけど、せっかくの機会だし、このお金の使い道はちゃんと自分の意思で決めようと思ってさ。でもいつもの友達と会うと、やっぱり全部任せっきりになっちゃう気がして。それでたまには単独行動しますかーって結論になって、今朝家を出てきたのね」

「はあ」

「でも外に出たはいいけど、やりたいことが見つからなくてねぇ。それにこの気温。とりあえず一旦落ち着ける場所で何か考えようって思って、近くにあった図書館に入ったの。そしたら、楽しげに小学生と戯れるクラスメイトを偶然発見したってわけ」

「決して楽しげではなかった」僕は即刻否定した。「で、偶然発見したクラスメイトについてきた理由は？」

「一人だとやっぱりちょっと寂しいから」

「僕は寂しくないけど」

「私は寂しいの」

　ずいっと身を乗り出して迫ってくる彼女。柔らかそうな白い手がソファに深く沈み、蟻地獄のように僕の体をそちら側へ引き寄せる。

大きな双眸が真っすぐに僕を見つめる。冷房はタイマー設定されていたようでいつの間にか電源が切れており、部屋の温度が僅かに上昇していた。ＢＧＭのように流れていた音楽はバラードからロックバンドの曲に変わり、まるで誰かの鼓動を強調するかのように激しいドラムの音がスピーカーから鳴り響いていた。

「ね。時間あるならちょっと付き合ってよ」

汗で額にはりついた髪を指先で左右に流し、春川ははにかんだ。

僕はちらりと壁掛け時計を確認する。短針はまだ正午を過ぎたあたりだった。

カラオケ店で会計を済ませたのち、僕たちはスマホの地図アプリを頼りにラーメン屋に向かった。昼時ということもあり、春川がやりたいこととして挙げたのが「背油がたっぷり載った豚骨ラーメンを食べる」というピンポイントな希望だったからだ。

熱した鉄板のようなアスファルトの上を十分ほど歩いたところで目的地に到着した。そこは個人経営の小ぢんまりとした店だった。店内には客が多く空席がほとんどなかったが、僕たちが入店したタイミングで折よくカウンター席が二つ空いた。そこに並んで座った。

メニューを見て注文し終えたところで、僕の右隣、壁際の席に座っていた客が伝票を手にレジに向かった。その後すぐに従業員の一人が片付けにやって来た。

てきぱきとした動きで作業を終えると、「お待ちのお客様こちらどうぞ！」と出入口に向かって威勢よく呼びかける。そつのない仕事ぶりに感心しつつ、僕がお冷のグラスを口に運ぼうとした時だった。

「うおっ、なんかすげぇ組み合わせだな」

右隣の椅子を引いた新規の客が、頭上でそんな声を発した。僕と春川はほとんど同時にそちらを振り向く。先に口を開いたのは彼女の方だった。

「おー、時山くんだ。こんなところで何してるの？」

「何してるのって、普通に昼メシ食いに来ただけだけど。春川たちこそ何してるんだ？」

「私のやりたいこと」

春川の返答に眉をひそめている男の名は、同じクラスの時山億都だ。Tシャツと短パンから露出した肌は健康的に日に焼け、清潔感のある短髪と利発そうな眉を携えている。

ぼんやり見上げていると、ふと目が合った。彼は微妙に戸惑いの色を見せ、おう、と呟きながら視線を逸らした。僕も短い挨拶を返して水を飲んだ。

「サッカー部って夏休みは活動ないの？」

「めちゃくちゃある」

「ほほう、それなのにこんな時間にラーメン屋にご来店ですか。いいご身分ですな」

「勝手に人をサボリ魔に仕立て上げるなよ。来週から合宿があるから、今週はオフなんだ」

「えー、せっかくの休みなのに一人でラーメン？　部員の子とかと一緒に遊んだりしないの？」

「なんで毎日顔合わせてる奴らと休みの日まで会わなきゃいけないんだよ。まあ、確かに暇ではあるけど」

僕を挟んで春川と時山の会話が繰り広げられる。教室でもこの二人がグループ単位で交流している場面はわりと見かけるので、特段珍しい光景でもない。

「ってか、俺のことよりお前らだよ。学校外で二人で会ってるようなイメージ全然なかったけど、春川とに……越我ってそんなに仲良かったっけ？」

注文を終えた時山が訊いてきた。

「いや、あんまり」という僕と、「うん、すごく」という春川の声が重なる。

直後、「ええっ！」と裏切りにあったような悲鳴が左側から飛んできたが、僕は気にせず水のピッチャーを手にとって自分のグラスに注いだ。右隣のグラスも空っぽになってたのでついでに注いだ。

「あ、悪い……サンキュー」

「ん」

礼を言われたので返事をした。ただそれだけのやりとりがどこかぎこちない。

やはりその距離感が気になったのか、あるいは先ほどの僕の淡白な対応への意趣返しのつもりか。視界の左端で、ニヤリと白い歯がちらついた。おそらく後者が原因な気がした。

「そういえば二人ってサッカーの元チームメイトなんだよね。何か思い出話とかないの？」

鈍感を装った春川の質問に、右側で盛大に咳込む音がした。時山が水でむせていた。グラスを置いて息を整え、彼は笑顔を引きつらせた。その目が泳いでるのは誰の目にも明らかだった。

「い、いやあ、なんせ小学校のことだからな。さすがにそんな昔のこと覚えてないわ。な、なあ越我？」

僕だってそんな昔のことを今でも根に持っているわけじゃない。だからその点については概ね同意見だ。

しかしここまで露骨にしらを切られると、それはそれで釈然としないものだ。

「そう？　僕はわりと思い出せるけど」僕は鼻で嗤（わら）った。

春川が興味津々に食いついてきた。

「おお、例えば？」

「ええと、早くやめちまえとかヘタクソとかピッチの外でボールでも磨いてろとか、そんな感じのありがた～いお言葉を、活動の度に浴びせられていたことはすごく懐かしいね」

「え、時山くんそんな酷いこと言ったの？」

「いやいやいやいやいや、ちょっと待ってくれ！」

「じゃあ言ってないの？」と首を傾げる春川。

「……いや、まあ、うん、言ったのは確かだけど」

「うわぁ、ちょっと見損なったかも」

「いやいや、別に本気でそう思ってたわけじゃないから。これだけはマジで。いやでも……あー、畜生、そうなんだけどそうじゃないんだよなぁ」

抗議の言葉が見つからないのか、時山はもどかしそうに両手で髪を掻き乱した。

とはいえ、事実であることに違いはないので弁明の余地はない。

ただ僕は別にそのことを理由に、この男と関わらなくなったわけではなかった。むしろ逆だ。彼の方が僕を避けるようになったのだ。

小学校を卒業して僕はサッカーをやめた。でも時山は中学に入学してからも続けていた。確かそこからだったと思う。彼が僕に対して、まるで他人みたいに振る舞うようになったのは。

　中学の三年間はずっと同じクラスだったが、彼が小学校の頃のように絡んでくることは一切なかった。校内ですれ違っても見向きもされなくなった。街中で全く知らない人間がそばを横切ったような無関心さだった。

　彼が大人になったと言えば聞こえはいいだろう。でも多分そうじゃないと、僕は薄々感づいていた。

　サッカーに興味をなくした僕に、彼は興味をなくしたんだろうと思った。

　同じ高校に進学したのを知ったのも、入学式の日に教室でその姿を認めた段階だった。その時ですら彼は目を逸らしたのだ。気まずそうな表情をしていた。彼とはもう一生このままなのかもしれないなと予感したのを、今でも覚えている。

「けどまあ、言い過ぎたことは本当に反省してるよ、ずっと」

　時山がぼやいたところで、僕と春川のラーメンが運ばれてきた。最後の付言が少々気になったが、すぐにもう一人前運ばれてきて時山が食べ始めたので、僕も大人しく濃厚な豚骨スープとともに疑問を飲み込んだ。美味い。

　春川は思いのほか健啖家で、それなりにボリュームのあるチャーハンとラーメンのランチセットをぺろりと平らげた。同じ料理を注文した時山はまだ食事中だ。ごちそうさまでしたと手を合わせた彼女を横目に、僕はゆっくりと一杯のラーメンを食べ進める。

「二人とも、ちょっとこっち見て」

春川の呼びかけに、僕と時山が同時に反応する。

カシャッ、と彼女がスマホで僕たちを撮った。

「ちょっ、また勝手に……」

「越我っちと時山くんさ、仲直りしないの？」

スマホの画面を確認しながら彼女がおもむろに問う。その声音に先ほどまでの悪戯っぽい響きはなかった。

「昔は時山くんも酷かったかもしれないけど、今は二人ともすごく良い人じゃん。それなのにずっとギクシャクしてるのってなんか勿体ない気がする」

「いや、僕たち別に喧嘩はしてないよ」

「じゃあなんで関わろうとしないの？」

「関わる必要がないから」

「それを喧嘩してるって言うの。れっきとした冷戦だよ」

春川に応答する僕の後ろで、なぜか時山は静観を続ける。

「仲直りしないならこのお似合いのツーショット、ＳＮＳに投稿しちゃおっかなー」

「待てよ、それはさすがに色々と問題がある。あれだ、著作権の侵害だぞ」

「肖像権」

「そう、それ」

慌てて口を挟んだ時山を、僕が訂正する。

実際問題、喧嘩をしているという前提が僕にはない。壊れていないものをどう直せというのだ。熱い握手を交わして互いの良いところを何個か言い合ったりすれば、彼女は納得するだろうか。

「はいっ、妙案閃きました」

春川が嬉々として手を挙げる。今度は何だ、と僕たちは視線で尋ねる。

「三人でサッカーしよう。今日はお腹いっぱいで動けないから、明日。そしたらこれは消してあげる」写真を提示して彼女は微笑む。

意外なことに、時山はそれを快諾した。それによって僕は断りづらい状況に追い込まれた。ここで拒否反応を示せば、なんとなく自分が駄々をこねている構図になってしまう感じがしたのだ。同調圧力に抗えない人の気持ちが少しわかった気がする。

明日の集合場所と時間を決めてひとまず今日は解散の運びとなった。

僕は最初に会計を済ませて外に出た。なかなか後続が来ないので店内を振り返ると、二人は元いた席の近くに立って何やら話し込んでいた。

時山が何かを懇願するように顔の前で手を合わせる。一拍遅れて、春川が驚いたように目を見開き、そして嬉しそうに頷いた。

　春川の表情がほんのりと赤みを帯びて見えたのは、夏の暑さのせいだろうか。

「……なんで体操服？」

　僕の服装を見て、春川が開口一番に漏らした感想はそれだった。

「動ける格好で来いって昨日言われたから。これ以外にないし。逆に何で春川さんがそんなまともな運動着持ってるのか不思議なんだけど」

　確か彼女も部活動には入っていないはずだ。

「だって、休みの日に友達と一緒にバドミントンしたり、放課後にジョギングしたりするときに必要じゃない？」

「だったら僕にはやっぱり必要ないや。休みの日に一緒にバドミントンする友達も放課後にジョギングする健康意識もないから」

「じゃあ今度一緒にやる？」

「やらない」

　高校から真南にくだった位置にある大きな運動公園の一画、清々しい快晴の昼下がり。芝生の上に立ち並ぶ高校生たちの姿は多様だ。一人は高校の体操服、一人はピンクと白を基調としたレディースのスポーツウェア、そしてもう一人はサッカー部のジャージを身に纏っている。

「ほら、ボール持ってきてやったぞ」

時山は肩に提げていたエナメルバッグからサッカーボールを取り出し、春川に手渡した。随分と使い込まれており、所々に黒ずみや繊維の劣化が目立つ。

「へえ、こうやって見ると結構大きいんだね。それに思ったより硬い」

「一応それでも空気は減らしてるんだけどな。もうちょい抜くか」

「ううん、これでいいや。へい、越我っち」

掛け声とともに春川がこちらに向かってボールを蹴った。初速を得た球体は芝生の上を緩やかに転がり、ちょうど僕の足元で止まる。

へいへーい、とリターンを要求してくる彼女に向かって蹴り返した瞬間、著しい脚力の衰えに愕然とした。四号球を使っていた小学生の頃とは違い、これは五号球だから確かにサイズ分の重量は増している。

しかしそれにしても、三年半のブランクを少し舐めていた。何度か蹴ると足への負担はあまり感じなくなったが、油断すると瞬間的な違和感が顔を出す。

「へいへーい」

抑揚のない声とともに時山も加わり、そのままの流れで、三人でパス交換をすることになった。完全な初心者である春川が時折あらぬ方向にキックミスするものの、現役選手である時山が俊敏な動きでいい感じにカバーし、元経験者である僕は徐々に感覚を取り戻して精度を上げていくといった具合にトライアングルは成り立っていた。

　やがてそれが少し作業化してきた段階で、春川が何か競技性のあることがしたいと言い出した。

「試合はさすがに三人じゃ厳しいか。まあ、俺一人対お前ら二人でやってもいいけど」

「無理無理、そんなの勝てるわけないよ。やる前から結果が見えてる勝負なんて面白くない」

　時山の提案に、春川が首を振る。

「仕方ないよ春川さん、その男はか弱い女の子を相手に手加減する自分を俯瞰して喜びを感じれるタイプなんだきっと」

「あちゃー、時山くんそっち系の人間だったか」

「違うからそんな目で俺を見るな！」

　そんな小芝居を挟みつつ最終的には、ボールを蹴って数十メートル先に置いたペットボトルを最初に倒した人が勝ちというゲームをすることに決まった。ちょっとした地面の凹凸やのキックの強さでボールの行方は容易く変化するため、純粋なサッカーの能力というよりは運と修正力が要求される戦いだ。

「うわっ、惜しい」

「いやー、あとミリ左か」

個人のリーグ戦形式で進行されたペットボトル倒しは、早くも第三試合を迎えていた。キッカーは僕と時山で、春川は外れたボールを回収するためにペットボトル付近で待機している。

あまり頭を使わなくていいシンプルな勝負はやっていて普通に楽しい。罰ゲームを設定しておけば適度な緊張感がいいスパイスになったのだろうが、さすがに春川に不利すぎるため、とりあえず一周目はなしということになった。彼女自身はなぜか勝つ自信に満ち溢れて罰ゲームにも乗り気だったが、すでに二敗して最下位が確定しているところを見るに、次からはもっと慎重になってくれるだろう。

「お前、今日すげぇ楽しそうだな」

互いに何球か外したところで、時山がおもむろに口を開いた。

「越我のそんな顔、中学ん時から一回も見た記憶ないわ」

「そんな自信満々に断言できるほど僕のこと見てないよね」

「いや、見てるって」

「見てない」

「見てるよ」

「見てない」

「マジで見てるって！」

「さすがに見すぎ」

「ええ……」

少しの沈黙を挟み、ふっと時山が笑みをこぼした。

「お前とこういうやりとりすんの、なんか懐かしいな」

「……否定はしない」

昔はこんな無益な問答を延々と繰り広げてはよくコーチに怒られていたものだ、主に時山の方が。

「っていうかお前全然衰えてねぇよな」

「こんな遊びでそんなのわからないでしょ」

「いいや、わかるね。キックのフォームとか相変わらず綺麗だし、やっぱセンスあるよお前」

「へえ、今はそんなお世辞まで言えるようになったんだ。人って成長するもんだね」

「お世辞じゃないって」

「昔はあんなに馬鹿にしてたのに」

何気ない僕のひと言で時山は黙り込んだ。足元に視線を落とした彼は何かを逡巡しているようにも見える。

「小学校の時だって、本当は……」

「本当は?」僕は続きを促す。

汗まみれの顔を服の袖に押しつけて、時山は再びこちらを見た。

「俺、ずっとさ……ずっと、お前に言いたかったことが——」

「おーい、次どっちの番ー?」

時山の言葉を遮るように、遠くから春川の声が飛んできた。ボールが来ないので待ちくたびれたのだろう。頭上で大きく両手を振っている。

「悪い、俺の番だ。すぐ蹴るわ」

おそらく彼女には届いていないだろう小声で応え、時山はボールをセットした。

彼は言葉の続きを言おうとはしなかった。その背中はどこか悲しげで、こちらから追及することもなんとなく憚(はばか)られた。

空を見上げると、一面に広がっていた青はいつの間にか薄くたなびく灰色に塗りつぶされていた。


心なしか晴天の日が以前に比べて減ったように感じる。今日も窓越しに見える空には分厚い雲がかかっていて、まだ夕方前だというのに部屋の中はどんよりと薄暗かった。僕はベッドから起き上がる気にはなれず、室内灯もつけないままぼんやりとスマホをいじっていた。

手持無沙汰になってメッセージアプリを開くと、グループ欄の一番上に「花火メンバー」という名前が表示される。作成者は春川で、メンバーは僕と時山だ。

先週公園でサッカーをした日に彼女が、夏休みの最終日に行われる花火大会に三人で行こうと誘ってきた。その連絡用にと、あの日の帰りに招待されたのだが、あの春川と時山に並んで自分がメンバーリストに入っている状況はやはり場違い感が否めなかった。

トーク履歴はまだほとんど空っぽで、数日前に春川がグループのアルバムを更新した際に来た通知と、簡単な添え書きの文章が無機質な背景にぽつんと浮かんでいるだけだった。すでに何度も見返したアルバムは彼女がカラオケで撮った僕の写真から始まり、下にスクロールしていくとラーメン屋での時山とのツーショットや公園で楽しげにボールを蹴る僕たちの様子が流れていく。そして最後は、インカメラで自撮りされた三人の集合写真で締めくくられた――腕の長さで撮影者に抜擢（ばってき）された時山は顔の一部が見切れ、その奥で満面の笑みでピースをする春川の隣にはぎこちなく口角を吊り上げた僕がいる。経験値の差が顕著に表れた一枚だ。

ぽつぽつと水滴が窓を叩く音が聞こえた。やがて木々のさざめきのような雨音が閑散とした室内に満ち始め、ボリュームのつまみを回すみたいにそれはしだいに大きくなっていった。

　そういえば、と僕は思い出す。先週公園でサッカーをした日もこんなふうに突然雨が降ってきた。僕たちはすぐにペットボトル倒しを中断して、公園内の小さな東屋に避難した。

「あー、これは夜まで止みそうにないかも」

　スマホで天気予報を確認した春川がぼやく。

「マジか、朝確認した時は一日晴れの予報だったんだけどなぁ。傘なんて持ってきてないぞ」

「私も。越我っちは？」

「僕も」

「おっけー、じゃあ私ちょっとそこのコンビニで買ってくる」

　言うが早いか春川は、こちらの返答も待たずに土砂降りの中に飛び出していった。わざわざ買いに行かなくても大丈夫だとは思ったけれど、こういう状況で咄嗟に気の利いた立ち回りができるあたりに、人が彼女に惹きつけられる気持ちを実感する。

　春川がいなくなった場所を埋めるように東屋には沈黙が訪れた。僕は中央の柱を取り囲むベンチに腰掛け、霞がかった芝生の広場を眺めていた。たっぷりかいた汗の臭いは幸い、ここに来るまでに少し雨に打たれた影響と周囲にたゆたう土の匂いによってほとんどかき消されていた。

柱を挟んで背中合わせに座る時山が何か思い詰めた様子であることに僕は気づいていた。春川の前ではそういう様相は見せないようにしていたが、僕との勝負の途中からずっとあんな調子だ。

「お前さ、何でサッカーやめたんだよ」

そう切り出したのは時山だった。

「何、いきなり」

「いいから教えてくれよ」

「……単純に興味がなくなったからやめただけ。それに小学校の時は親がやれ、みたいな空気出してたからやってたけど、中学校からはそういうのもなくなったし」

僕は素直に答える。ただし今言ったことは「強いて言えば」という前置きを入れてもいいような内容であって、実際のところ、僕がサッカーをやめた理由なんて特にない。他にやりたいことができたわけでもなければ何かそれに関連した悲劇的な事件があったわけでもなく、純粋に続ける理由がなくなったからやめたというだけの話だ。

時山は黙り込んでしまった。どこか納得いかないと言いたげな無言の間だった。

しばらくして、彼は再び口を開く。

「越我って昔から大勢でワイワイするのとかあんまり好きじゃなかっただろ、どっちかっていうと何でも一人で黙々とこなすタイプで。だから正直俺、小学校のサッカーチームに入団してきたお前見た時に、コイツ何で入ってきたんだろうって思ったんだ。せっかくチームの奴らが話しかけようとしてんのに軽く受け流して、隅の方でずっと一人でリフティングしてるしさ。絶対チームプレーに向いてないだろって確信したもん」

そうだっただろうか。そんな昔のことよく覚えていない。

「でも、全然そんなことなかった。練習とか試合になると味方との連携めちゃくちゃ上手いし、誰よりも大声で指示出したりチームを盛り上げようとしてくれるし。コイツやべぇな別人かよって、すげー衝撃受けたことは今でも覚えてる、もちろんいい意味でな。……ピッチ外でもちゃんと関わってみると、口数が少ないだけで本当は明るい奴なんだってすぐにわかった。俺がおちょくったら毎度しっかり噛みついてくるし、意外と根性もあるんだなって。周りの奴らも徐々にそのことに気づき始めてさ、お前が笑うことも気づけば多くなってた」

だから、と続ける時山の声音が一段重くなった。

「越我はやっぱり中学でもサッカーを続けるべきだったと思う」

刹那(せつな)、喉の奥が微(かす)かにひりついた。

「中学入ってサッカーやめて、お前マジで人と関わろうとしなくなっただろ。教室でも一人でいる時間増えてさ、お前自身がそれで涼しい顔してるから周りも近寄ろうとしなくなって」

大丈夫、僕は何も根に持っていない、何も気にしていない——だから、お願いだから出てくるな。これを言う必要性はどこにもない、あるはずがないんだ。

生じた熱は首の裏側まで広がり、冷え固まってた何かを確実に着実に溶かしていく。

「今だってそうだ。春川は時々関わろうとしてるみたいだけど、クラスでほぼ孤立状態なことに変わりないだろ」

止めろ、言うな。

「なあ、今からでも遅くないからどっかチーム見つけてもう一回サッカー」

「今さら何言ってるの？」

時山を遮ったのが自分の声だと気づくのに数秒かかった。

言ってしまった、と後悔する間もなく、決壊した自制心の底から止めどなく言葉が溢れ出る。

「何で今になっていきなり心配してるフリするのか本当に意味がわからないんだけど。何、成長して良い奴になった時山億都くんはそんなことまでできるようになったの？」

「越我……？」

「それとももしかして、自分が昔は酷い奴だったって吹聴されたくないとか？　それなら安心してよ、そんな気毛頭ないしそもそも僕には吹聴する相手がいないから広まる可能性もない」

「違う、越我、そんなことこれっぽっちも考えてない。俺は本当にずっとお前のこと心配してたんだ」

「何も違わないよ」

「中学の時だって俺にできることなら何とかしてやりたかったし、今だってその思いは変わってねえよ！」

「ずっと僕のこと無視してたくせに」

時山は言葉を失った。

間断なく屋根を打ちつける雨の音は先ほどよりも激しく響く。

「……俺のせいだと思ってたんだ、お前がサッカーやめたこと。俺が小学校の頃馬鹿にしすぎたせいで、お前サッカーが嫌になったんじゃないかって」

彼が何を言っているのか僕には微塵も理解できなかった。

「だから俺はお前に関わるべきじゃないって、ずっと自分に言い聞かせてた。その方がお前にとっては幸せだと思ったから」

一瞬の後、自分でもたじろぐくらいの冷たい笑みがこぼれた。

「本当に何言ってるの。勝手にありもしない責任感じて、それがカッコいいとでも思ってるの？」

　直後、背後で時山が勢いよく立ち上がる気配がした。座ったまま振り返ると、彼は体の正面をこちらに向けて訴えかけるような眼差しで声を上げた。

「じゃあ何でまだそれ続けてんだよ！　俺への当てつけなんだろ？」

　僕も腰を上げ、彼と対峙するように振り返った。

「それって何？」

「いい加減おかしいってお前もわかってるよな？」

「さっきから時山の言ってること、何一つわからない！　言いたいことがあるならもっとはっきり言ってよ、昔みたいにさ」

「だから、その――」

「二人とももうそのへんにしときなよ」

　酷く冷静な声が過熱した僕たちの間に滑り込んできた。見ると、降りしきる雨の中に春川が立っていた。傘を買いに行ったはずの彼女は手ぶらで、ぐっしょりと濡れそぼった全身はか細かった。

「お前、傘は……」

「売り切れだった。急な雨だから皆慌てて買っていっちゃったのかな」

　時山の問いかけに春川は相好を崩した。そのままゆっくりと僕たちの顔を交互に見比べる。

「私ね、制服のボタンとかよく掛け違えちゃうんだ。一番下までいって穴が一つ余って、あれ？　って思いながら一つずつ外していくと、掛け始めの段階からすでにずれてるの」

「…………」

「だからね、越我っちも時山くんも多分……ううん、きっと何か掛け違えてるだけなんだよ。それが何なのかは私にはわからない、だから教えてあげることもできない。でも二人なら、ちゃんと色々話し合ってお互いの思いや考えを伝え合えば、見えてくるものがあるんじゃないかな」

彼女の言葉はきっと正しい、根拠はないけどそう思えた。それでも僕たちは何も言えずに、ただただその場に立ちつくすだけだった。

そんな情けない僕たちにさえ、春川は無償の手を差し伸べる。

「花火大会行こうよ、三人で。夏休み最後の日、毎年河川敷でやってるやつ。私、残りのお金はそれまで使わないから」

そう言って微笑んだ春川の姿が雨音に遠のいていく。

僕はスマホをベッドの脇に置き、仰向けに寝転がった。天井を眺めながら考える。

はたして自分は花火大会に行くべきなのだろうか、と。先週からずっとその疑問が頭の中を渦巻いていた。

春川から誘ってもらえたことは素直に嬉しかった。その日を楽しみにしている自分がいることも否定しない。彼女と過ごしたあの二日間は少なくとも、中学に進学して以降に四度訪れた夏休みの中で最も充実した時間だった。そう胸を張って断言できるほど彼女は魅力に溢れていた。もっと知りたいと、僕に思わせてくれた。

それでも僕の決断を躊躇わせていたのは、やはり時山とのことだった。公園の東屋での一件だけが原因じゃない、あれはあくまで一端に過ぎない。ずっと有耶無耶にしていたことがこの夏に偶然、僕の前に現れただけだ。

彼に長年の思いを捲し立てた時、僕を突き動かしていたものは確かな苛立ちだった。そしてずっと無視されていたことに対する不満をぶつけた後には、胸中を満たしていた攻撃的な感情は驚きと困惑に変化した。僕は時山に構ってほしかったのだろうか。中学時代も、高校に入ってからも、そんな願望は意識の上にはなかったはずだ。だとすれば無意識的に彼との交流を望んでいて、その思いが咄嗟に口をついて出たということなのだろうか。

この先彼とどうなりたいのだろうかと僕は自問する。だが答えは見つからない。とりあえず確かなのは、この煮え切らない思考から一刻も早く解放されたいという思いだけだ。そのためには多分、休みの間はもう時山と会わない方が良いのだろう。そしてこの夏彼と会ったことはきれいさっぱり忘れる。やがて二学期が始まれば、同じ教室で机を並べているだけの他人、という今まで通りの関係に戻れるはずだ。

春川には会いたい。でも時山とは顔を合わせづらい。葛藤は肥大化していく一方だった。

そんな中で時折頭をちらつくのが、ラーメン屋で見た時山と春川の密談の光景だった。あの二人が学校でも頻繁に関わっていることは知っている。例えばその仲がこの夏で、いわゆる男女の関係に発展しようとしていても何ら不思議ではない。仮にそうであれば花火大会は絶好の告白日和であり、その場に第三者の同伴など無粋以外の何ものでもない。

窓の外に目を向けると、町は深い霧に覆われて白く濁っていた。去年の夏はこんなに雨が降っていただろうか。天気を気にした日がなかったのでよく思い出せない。いっそのこと花火大会が中止になればいいのにと、半ば防衛本能的な思考さえ芽生え始めた。

まるで世界がそれに呼応したかのように花火大会の三日ほど前から再び雨が降り始め、連日連夜その音が止むことはなかった。

今日の花火大会、中止になっちゃったね。雨止んでくれないかなー。

春川からそんなメッセージが送られてきたのは数時間前のことで、気づけばすでに正午を過ぎようとしていた。中止の主因は連日の降雨による河川水位の上昇にあるようなので、今さら晴天に一転したところで決行になることはないだろう。

早朝、運営委員会の公式ホームページより、花火大会の中止が発表されていた。

ベッドから起き上がると、思い出したように空腹感が押し寄せてきた。そういえば今朝起きてから何も食べていない。僕はスマホをポケットに入れて自室を出、一階のリビングへと向かった。

階段を下りた僕は目を見張った。

「……夕海ちゃん、これは一体どういう状況だい？」

「あ、にいちゃん。おそよう」

「おそよう、じゃなくて、何でこんなにゴミを散らかしてるの」

視界に飛び込んできたのは、ぐしゃぐしゃに丸められた紙屑（かみくず）が床一面に転がる光景だった。フローリングも絨毯（じゅうたん）もお構いなしに至るところに散在している。そんな惨状の中で、妹は平気な顔でダイニングテーブルに向かっていた。

「違うよ。これはゴミじゃなくて、てるてる坊主を作るための材料」

「てるてる坊主？」

「そ。夏休み最後の日ぐらいは羽根伸ばそうって、友達と花火大会に行く約束してたんだけど中止になったでしょ。だから、もし雨が止んだら自分たちで花火やろうって話になって、雨雲退散のために目下祈祷中ってわけ」

なるほど。効果の見込みに関しては深掘りしないでおくが、確かに夕海はこの夏の間、色んなことを我慢して受験勉強に励んでいた。彼女が必死にノートにペンを走らせている姿を僕は何度も目にした。多大なる努力を続けた自分に一日くらいご褒美を与えても誰も文句は言うまい。

「ところで、夕海はさっきから一体何をそんなぐしゃぐしゃにしてるの？」

「ああ、これ？　私が受験勉強で使ったルーズリーフ。さすがに新品の紙で作るのは資源が勿体ないしね」

「ええっ、せっかくあんなに頑張ってまとめてたのに」

なんてこった、我が妹の多大なる努力の結晶をゴミ呼ばわりしてしまった。だってまさか、そんな大事なものが無造作に転がっているなんて誰も思わないじゃないか。危うく踏んじゃうところだったぞ。

ちっちっち、と夕海は得意げに人差し指を振る。

「私にとってノートに書き留めるって行為はあくまで単なるアウトプットに過ぎないのだよ、にいちゃん。何かを覚えたり思い出したいなら教科書や参考書を見るし、その度に新しくノートを取りながら学んだことを確実に自分のものにする、そうすればノートを見直す必要もない。これが私の勉強スタイル、まじ知行合一(ちこうごういつ)って感じ」

「なんで最後ちょっとギャルふうなの」

しかしその説明の内容には驚かされた。まさか夕海がそれほど効率的な学習方法を実践できるだけの頭脳を持っていたとは、今後勉強でわからないことがあったら是非、一学年下の彼女を頼らせていただこう。そうなればいよいよ僕が妹に勝っている部分が年齢だけになりかねないけど。

「そういえば、にいちゃんも今日同じクラスの人と行く予定だったんでしょ。おっくんと、えっと、もう一人の名前って何だったっけ？　前に写真で見せてくれたあのすごく綺麗な女の人」

「春川」

「そうそう、光璃ちゃん。こうちゃん」

年上の人間に「くん」や「ちゃん」をつけるのは夕海の昔からの癖だ。ちなみにおっくんというのは時山のことで、妹は小学校の時に何度か僕の試合を観に来たことがあったので、一応彼とは面識がある。だから以前公園でサッカーをした時の写真を見せた時、夕海はとても意外そうに見入っていた。そしてその理由を僕に語ろうとはしなかったけれど、アルバムを一通り見終えた彼女はなぜか嬉しそうに目を細めていた。

「そうだ、にいちゃんも一緒にてるてる坊主作ろうよ」

「遠慮しておく。雨が止んだところでもう僕には関係ないし」

それに花火大会が予定通り開催されていたとしても、行くか行くまいか迷っていたくらいだ。

「にいちゃん、二人と喧嘩でもした?」

「してない。するほど仲良くもない」

「友達なのに?」

「友達なのかな」

僕の言葉に、夕海は動かしていた手を止めて体をこちらに向けた。そのままの勢いで何かを言おうとして口を開いたものの、その何かが音を帯びることはなく上下の唇が合わさる。

神妙な面差しで床に散らばった努力の跡形を眺め、一度小さく息をついてから妹は僕を見た。

「にいちゃんって、夏休みに入るまで本当は友達いなかったでしょ?」

一瞬、心臓が大きく脈打った。

沈黙を肯定と捉えたのか、夕海はさらに続ける。

「でも、この夏休みでその状況は少しだけ変化した——完全な当てずっぽうだけど、それは多分、こうちゃんのおかげかな」

心を見透かされている気分だった。

夕海は最初から僕に友達がいないことを知っていた。そしてその上で、この夏の間に僕に何かしらの変化が生じたと感じているのならば、それは間違いなく春川によるところが大きいのも事実だ。

一緒に過ごしたあの二日間はもちろんのこと、直接会っていない間も春川は僕との関わりを保とうとしていてくれた。朝起きた時、日中に学校の課題をしている時、夜テレビを観ている時、彼女から個人チャットで送られてくる他愛もないメッセージに喜びを感じ、僕はいつしかそれを心待ちにするようになっていた。

こちらからメッセージを送った時もあった。家族以外の人間にそれをするのは生まれて初めてだった。数分後に返事があった瞬間、それまで経験したことのなかった幸福感が体内を満たした。

ちゃんと見てるよと彼女に言われた気がして、僕はそれがたまらなく嬉しかった。

「私、道端に百万円落ちてないかなーって言ってる人を見ると、いつも思うんだ」

いきなり何の話をし始めたのかと思ったけれど、続く声が僕に理解の二文字を与えてくれた。

「たとえ道端に百万円が落ちていたとしても、それって結局、その人自身が道を歩こうとしない限りは絶対に手に入らないんだって。逆に考えると、とりあえず道を歩いてみれば百万円でも宝くじでも宝石でも、何でも見つかる可能性はあるってことだよね」

だから夕海はあの日、僕の部屋にいきなり押しかけてきたのだろう。夏休みに入ってから一度たりとも家の外に出る素振りすら見せなかった僕に、道を歩かせるために。何かを見つけさせるために。

「だから今日もね、空が晴れて外に出られるようになれば、何かが見つかるかもしれないよ」

一見屈託のないその笑顔の裏側には、きっと色んな意味が秘められているのだろう。

ふと僕は、一学期に初めて春川から話しかけられた時のことを思い出した。人と関わることが得意じゃない僕が、春川の急な接近に対してストレスをほとんど感じなかった理由、その一端が今ようやくわかった気がした——お人好しなところや言外に伝わる優しさの性質が夕海にとてもよく似ていたからだ。

仮に妹が学校で孤立状態にあることを知れば僕も、たとえ老婆心だと自覚していても必ずどうにかしようとするはずだ。だから夕海の気持ちは痛いほどわかる、家族は他人じゃない。

「そうだね、夕海の言う通りかも」

受験勉強に集中できないという部分だけはあるいは本音だったのかもしれない。本当に余計な心配をかけて申し訳ない。

「でしょ、じゃあ一緒にてるてる坊主を作ろ。にいちゃんは首ネジネジする係ね」

「僕の方が地味にしんどくない？」

「いいの。だって私より年上だもん」

「なるほど。それじゃあ張り切って首ネジネジしちゃいますかー」

おー、と二人してこぶしを天井に突き上げる。

僕たちは駄弁り（だべ）ながら小一時間ほどかけて大量のてるてる坊主を作り上げ、一体ずつ糸を通して窓辺に吊り下げていった。その作業中、四十三体目のてるてる坊主の糸をカーテンレールにひっかけようとしたところで、あ、と夕海が呟いた。

「夕日だ」

僕も横から覗く（のぞ）。いつの間にか雨は上がり、町に蓋をした雲の切れ間から一筋の赤い光が延びていた。

僕たちは顔を見合わせた。

「もしかして、てるてる坊主最強説ある？」

「うん、これはあるかも」

僕の問いかけに夕海が反応してからさらに一時間が経過した頃。空は実に数日ぶりとなる綺麗な夕焼けを披露していた。

ズボンのポケットでスマホが震えた。取り出して画面を見ると、「花火メンバー」グループに画像を一件受信したとの通知が来ていた。差出人は春川と表示されている。

送られてきたのは、種々雑多の手持ち花火セットの写真だった。


箱の中の猫は、誰かに見てもらうことを望んでいたのだろうか。

いつ発生するかもわからない毒ガスの恐怖と隣り合わせで、生死を証明してくれる観測者もこちらからそれを伝えられる相手もいなくて、やがて自分でも自分の存在が覚束(おぼつか)なくなって、それでもなお、孤独に蓋が開かれるのを待ち続けていたのだろうか。

架空の猫の気持ちをどれだけ推察してみたところで、正解を教えてくれる者はこの世界には存在しない。

だけど、僕は思わずにはいられなかった——固く閉ざされた蓋が取り除かれた瞬間、きっと猫は思い出したに違いないと。

誰かを見て、誰かに見てもらうこと、その喜びと尊さを。

かつては僕もサッカーを通じてそれを学んだはずなのに、あの場所を去ってからは、自ら箱の中に閉じこもることを選択して生きてきた。その方がすべてにおいて楽だったから。

でもあの日、自分が何者なのか見失いかけていた時、何の前触れもなく、僕の箱は開かれた。図書館で彼女が名前を呼んでくれて、視線が揺るぎなく交わった瞬間、僕という存在がこの世界に証明された気がした——。


夜の帳に沈んだ海面は気を抜けば飲み込まれそうなくらい黒々としていた。砂の上を滑る波の音が心地よく鼓膜を震わせる。

周辺にはちらほらと人だかりができていた。そのほとんどのグループが僕たちと同じように花火を楽しんでいる。若い声が多かった。皆最後の休みを堪能しに来ているのかもしれない。

夕海もこの海岸のどこかにいるのだろうかと思いつつ、僕は特に探す気もなく花火を一本手に取って、先端の薄い紙をキャンドルの火に近づけた。小さな缶に並々と入った蝋にはシトロネラと呼ばれる成分が含まれているらしく、燃焼に伴って防虫効果を発揮するんだよ、と春川が教えてくれた。その影響で、あたりには爽やかな柑橘系の香りが漂っていた。しかしそれはたちどころに、火薬の匂いに上書きされる。

「悪いな、何からなにまで用意してもらって。全部でいくらだった？」

「いいよいいよ、今日は私が誘ったんだから。だから二人ともそれしまってしまって」

時山がそう尋ねたので僕もお金を払っていなかったことを思い出して財布を出そうとしたけど、春川は受け取ろうとはしなかった。

「それに、これでちょうど使い切ったから。カラオケでしょ、ラーメンでしょ、サッカーやった時には飲み物買ってアイスも食べたでしょ、そして今日の花火でしょ。全部この夏私がやりたかったこと」

「何の話だ？」

「んふふ、時山くんには教えてあげなーい」

祖母から貰ったお金を自分の意思で使うこと、それがカラオケボックスで彼女が掲げていた目標だ。その道連れに僕を選んでくれたから、ラーメン屋では時山との邂逅があったし、三人揃って花火をしている今がある。

ね、と春川は僕に向かって微笑みかけてきた。その意味深長な動作に時山は首を傾げていたが、僕にはちゃんとわかったので頷き返した。

「よくわかんねぇけど、じゃあ俺は飲み物と何か適当につまめるもん買ってくるわ。飲みたいのある？」

「果汁百パーセントのオレンジジュースを所望する」

「越我は？」

「あ……じゃあ、強炭酸の飲み物を所望する」

少々戸惑い気味に春川の口調を真似ると、時山は小さく笑って了解、と応えて道路に上がる階段の方へ歩いていった。

夕方に三人で集合してから今に至るまで、時山とは一度もあの東屋でのことを話せないでいる。春川に言いたいことは花火セットの写真を受信した時点で決まったというのに、時山には何を言うべきなのだろうかと、ここに来る道中もずっと悩み続けていた。それなのにいざ本人と顔を合わせてみると、向こうはまるで何事もなかったように平然と挨拶を寄越してきたのだ。その態度に思わず拍子抜けして以降、このまま有耶無耶にした方が良いのだろうかと僕は結論を出しあぐねていた。

「越我っち、もう時山くんと仲直りした？」

まるで僕の思考を読み取ったみたいに春川が訊いてきた。

「いや、あの日のことはまだ話してないよ。何を言えばいいのかずっと考えてはいるんだけど、なかなか考えがまとまらなくて。それに向こうからも特に何も言ってこないし普通に接してくるし、もう脳内回線カオス状態」

「確かに、誤魔化し方上手だよね。でも、きっと時山くんも切り出すタイミングを見計らってるだけだと思うな」

「そうかな」

「うん。だからあと二人に必要なのは、二人きりでちゃんと話をする時間だけ。あとで頃合いを見て私がその時間を作るよ」

「どうやって?」

僕が尋ねると、春川は袋の中から花火を何本か抜き取り、持ち手の細い棒を両手の指の間に挟んで腕を大きく広げた。

「こうやって両手に花火を持ってさ、何人たりとも私に近づくなーって回転するの。必殺人間ねずみ花火、どうかな?」

「……それは結局人間かねずみ、どっちなの」

「ねずみになりきった人間」

至極真剣な面持ちで春川は答えた。

その時、ああ、今だ、と僕の中で何かが告げた。

今日が終わり二学期になって学校が始まれば、臆病な僕はきっともう自分からはそれを言おうとしなくなる。ここを逃せば一方的に春川光璃を遠い存在にして、自ら関わろうとすることを諦めてしまう。そう強く予感して、気づけば口が勝手に動き出していた。

「春川さんはこの夏休み、楽しかった?」

眼前に立つ彼女は意表を突かれたように眉を上げた。

「僕はすごく、楽しかった」

　空気の変化を感じ取ったのか、春川は静聴の姿勢になった。急激に渇いた喉を唾液で潤して、僕は思いを紡ぐ。

「夏休みの途中までは、今日をこんなにも惜しいと感じている自分の姿なんて想像らしていなかった。未来に残る思い出なんて一つもできないと思ってた。でも今なら胸を張って言えるんだ、この夏は僕にとってかけがえのない時間になった」

「私もすごく楽しかった。ねえ、覚えてるかな。最初に図書館で越我っちと出会った日、カラオケで私が言ったこと。自己がないことが悩みだって言ったんだけど」

「うん、覚えてる」

「その悩み、この夏休みでどうにかしようって思ってたんだ。それが目標だったの。だけど結局駄目だったな。まあ無理もないや、そういうのってきっとこんな短期間で確立されるものじゃないもんね。じゃないと私、こんなに長い間苦労してないよ」

　でもね、と彼女は微笑んだ。とても満足げな顔だった。

「私のやりたいことに付き合ってくれた越我っちが、楽しかったって言ってくれた。それで気づいたの。こういうことの積み重ねが、私を形成していくのかもしれない。そしていつか高く積み上がった痕跡を振り返った時、私はそれを春川光璃と呼べるような気がする。うん、きっとそう思う」

自身に言い聞かせるように彼女は何度か頷いた。「それがわかっただけで十分この夏は収穫といえるよ」

「だったら良かった」僕は頬を緩めた。

「それに収穫といえばもう一つ」

鼻先で人差し指を立てる春川に、僕は首を傾げた。

「越我っちとこんなに仲良くなれたこと」

「いや、仲良くはない」

「ええっ、今の流れでそれ言う？」

「でも……この先そうなれたら、それはすごく、良いことだと思ってる」

詰まりづまりで出た僕の言葉に、春川は優しげに目を細める。嬉しいな、という囁き（ささや）が耳朶を震わせた。それだけで僕も嬉しかった。

一度細く息を吐き出してから、僕は背筋を伸ばした。

「だから、春川さん」

改めて彼女を真っすぐに見つめた。

彼女の双眸には確かに僕がいた。

「良かったら僕と、」

言うべきことは決めていた。

だから継句に迷いも躊躇いもなかった。

「僕と――友達になってくれませんか」

「はい、喜んで」

即答だった。まるでそう言われることを予見していたように。

喜びの感情よりも僕の心中は驚愕の比重が大きかった。彼女の性格からして、「もう友達でしょ」みたいなニュアンスの返しが来ると予想していた。それだけに驚きを隠せなかった。

彼女はどこか悪戯っぽく口角を上げる。

「もしかして、『もう友達でしょ』とでも言うと思った?」

「いや、まったくその通りだよ。今の言い方は春川さんらしくないっていうか、どちらかと言えば、僕好みの返事な気がする」

「うん、越我っちには斜に構えない方が一番伝わると思って。夏前までの私だったら多分越我っちの予想通りの言葉を返してたけど」

それはつまり、この夏で彼女も少しは僕のことを知ってくれたということだろうか。

そう思うと、自然と感謝の気持ちが口をついて出た。それに笑顔で応えた春川は片手をこちらに差し出してきた。

「それじゃあ改めまして、二学期からもよろしくね、越我っち」

「こちらこそ」

今夜寝る前くらいにこの光景を思い返すと含羞で眠れなくなる気がしたけれど、まあそれでも別にいいかと、僕は後難を受け入れて友達と握手を交わした。

やがてどちらからともなくその手を離した時、春川が何かを思い出したように声を上げた。

「そういえばさ、越我っちってなんでその喋り方なの?」

「……え、今さら?」

「あ、もちろん一学期に初めて話した時から疑問には思ってたよ。でも、この前時山くんと公園で言い合ってたでしょ。私、止めに入る前に少しだけ会話の内容が聞こえてきたの。その時に、もしかしてって思ったことが一つあって——そうなった原因って、まさか時山くん?」

一拍おいて、僕は無言で頷いた。しかしなぜ春川にはそれがわかったのだろう、そんな話題は出ていなかったはずだが。

東屋での時山とのやりとりを脳裏で再生し、僕は弾かれたように思い至った。

「あ……。いつまでそれ続けてんだ、って時山が言ってたのって、もしかしてこれのこと?」

「原因が時山くんにあるなら多分そうじゃないかなって私も思ったの。ねえ、良かったらその話聞かせてくれない？」

「……まあ、別に隠してるわけでもないしいいけど」

「やった」

むしろいつか誰かに聞いてもらえたらと思っていたくらいだ。せっかくの機会なので遠慮なく語らせていただこう。

このくだらなくも懐かしい、僕と時山億都の昔話の一幕を。

僕が、僕になった日のことを。


まだ小学生だった頃の話だ。

学校がある時以外、私は基本ずっと家に籠っていた。友達は一人もいなかった。

ある日、そんな娘を心配した親に半ば強制的にサッカークラブに入れられた。拒否権はなかった。スポーツを通じて人と関わることの楽しさを知ってほしい、というのが彼らの願いだった。サッカーじゃなくても良かったという話だったが、自宅から無理なく通える範囲で団体競技ができるのがこれだけだったらしい。

やりたくないことをやるには相応の原動力が必要となる。入団当初の私にとって、それは親に対する反骨心から生み出されていた。親心という圧によって活動に駆り出されるストレスを、サッカーボールにぶつけることで発散する。そんなマッチポンプじみた現象で自分を誤魔化していた。

やがて私の矛先は対象を変えることになった。風向きを変えたのは、チームに所属していた同学年の少年だった。

彼は何かと理由をつけては私のことを詰ってきた。足が遅い、体力がない、体幹が弱い、キックのセンスがない——そんなふうな悪たれ口を無遠慮に浴びせてくる。言い方には問題があったと思う。だけど確かに彼の言っていることは概ね正しかった。そしてその正しさを認めた途端、私はたまらなく悔しくなった。自分の中にこういう種類の感情があることを知ったのも、その時が初めてだった。

だから私は努力した。チームの活動がない日でも自主練習に励み、自分が彼よりも劣っている部分を重点的に改善していった。喜ばしいことに、その試みはすぐに奏功する。彼の悪口のボキャブラリーが日増しに減っていく様は、見ていて実に愉快なものだった。

しだいに他のチームメイトたちが私に話しかけてくることが増えた。後で聞いたところによると、最初は無感情なロボットみたいで近寄りがたかったが、彼といがみ合っている姿に人間味を感じて安心した、とのことらしい。意図的な展開ではなかったが、彼のおかげで私には仲間ができ、親の願いは成就したわけだ。

それでもやはり、彼は決して態度を改めようとしない。執拗に私を目の敵のようにする。なぜだろうか。全く意味がわからなくて、だから私も意固地になって反発を続けた。そうしていつしか、彼を見返すことがサッカーを続ける動機になった。

　やがて私にサッカー面での目立った欠点がなくなると、女のくせに、と彼は言うようになった。とりあえず何か言っていないと気が済まなかったのだろう。

　最初は特に気にしていなかった。だからどうした、くらいの軽い気持ちで、嘲笑交じりの吐息を返せていたほどだ。でも私は徐々に、彼の言葉を無視できなくなっていく。私と、それから彼を含むチームメイトたちに、変化が訪れたからだ。生物学的にいえば、それは成長と呼ばれる。

　学年が上がるにつれて、私は女の子から女性に近づいていった。身体は丸みを帯び、胸が膨らみ始めた。

　五年生の夏、私は初潮を迎えた。それを境に成長が一段と加速したように感じられた。そして考えるべくもなく悟った、男子に混じってプレーできるのはきっと小学校を卒業する頃が限界だろうと。でもそれは仕方がないことだと受け入れるしかない。むしろ本来であれば言祝(ことほ)ぐべき進歩である。

　私の決意はすぐに固まった――それまでに必ず彼に一泡吹かせてやろう。

　しかし一度生じた変化の潮流は止まらず、彼の私に対する女いじりにもますます拍車がかかる。何の打開策も見つからないまま、時間だけが過ぎていった。私はどうしようもなく焦っていた。極論をいうと、私が男になれば、彼が言及できる要素はなくなる……はずなのだ。でも私は今までもこれからも女で、男にはなれない。

いや正確には、一つだけ考えていたことはあった。ただそれを実行することは非常に躊躇われた。それが極めて幼稚な発想であることを、私自身が深く理解していたことが理由だ。だけど髪をショートカットにし、内股にならないように意識して歩き、喋り方も男っぽくなるように矯正した今、自分に打てる手がそれ以外に思い浮かばないのも事実だった。

そして、その日はふいにやって来た。逡巡する私に最後の後押しをするように、彼がこんなことを言ってきた。練習の休憩中ことだ。

「おい新菜(にいな)、女のくせにサッカーやってんじゃねえよ。体ぶつけたら怪我させちまいそうで怖くてやりにくいんだよ」

またいつものやつだ、と私はうんざりした。利発そうな眉が印象的な顔立ちの少年は、意地悪そうに口角を上げている。

「別に私、フィジカル弱くないんだけど。この前の練習中だって時山に競り勝ったし」

「あ、あれは俺がめちゃくちゃ手を抜いてやってたんだ！　とにかく、わかったら女はピッチの外でボールでも磨いてろ」

「はあ、またそれ。いっつもいっつも女、女って。時山は本当にそれしか言えないんだね、可哀そうに」

私はため息をついて少年を嘲笑う。見事にその挑発に乗った彼は顔を赤くして吠えた。

「う、うっせー、ブス！」

「はいはーい、コーチ。時山くんにブスが調子に乗るなって言われました」

「あっ、お前チクるのは卑怯だぞ」

「なんだ億都、お前はまた新菜をいじめてるのか。新菜はブスじゃないし調子にも乗ってないだろ」

「俺そこまでは言ってない言ってない」

「私泣きそうです」

「お前もさっきから猫かぶってんなよ」

「よし、億都は罰としてグラウンド十周だ」

ええっ、と少年は顔をしかめて拒絶を示す。

「だってコーチ、そもそも新菜が女なのが悪いんだ。こっちがいちいち気遣わないといけなくなるしさ」

それまで幾度となく浴びせられてきた彼からの侮辱的な発言に、なぜか私はその時、無性に神経を引っ掻かれた。試合に勝てない日が続いていたからか、思うようにプレーできないスランプ期間の只中だったからか、あるいはそれ以外に何かしらの要因があったのか。今となってはもうわからない。

「本当にしつこい。私、時山に何かした？　そこまで言われる筋合いないんだけど」

「女ってだけで気が散るんだよ。悔しかったら男になってみろばーかばーか」

「こら、億都。いくら新菜のことが気になるからってそれは言い過ぎだぞ」

「ちょっ……コーチ！　別にそんなんじゃないから余計なこと言わないでくれよな！」

頬を紅潮させながら少年は慌てて訴える。そんな彼には目もくれず、私は地面を見つめて黙考していた。

もう、こうするしかないのだろうか。

仮に私がそうしたら彼はどんな反応をするだろう。驚くだろうか、心配するだろうか。あるいは笑い出して、もっと馬鹿にしてくるだろうか。

それとも、少しは私のことを認めてくれるだろうか。

答えを求めるように私の視線は少年に引き寄せられる。目が合って、んだよ、と彼は眉間に皺を寄せた。

その瞬間、私の中で何かが途切れた。何かとは自尊心なのか羞恥心なのか、とにかく自分を客観視した時に、おかしいとか変だとか、そういう類の感想を生じさせるありとあらゆる要素だ。

「……俺……いや、それだと時山と同じになるから嫌だな」

ぶつぶつと独りごちる私に、少年は怪訝そうな顔をする。

微調整を終えた私が子どもながらに弾き出した結論は、実に子どもじみた抵抗だった。

「僕は越我新菜だ」

「……は？」

あっけらかんと固まる少年。

その間抜け面に向かって私は――いや、僕は再度はっきりと告げた。

「僕は越我新菜だ」

ようやく我に返った少年は、錆びついたロボットのような首の動きでコーチを振り返り、何も言わずに人差し指の先を僕に向ける。コーチは呆れたようにため息を漏らし、緩慢に首を左右に振った。

「億都、追加で十周だ」

「俺のせいかよ！」

それから、走る前にまず謝罪だとコーチに促されて、彼は渋々頭を下げていた。

しかし結局その後も彼の口が減ることはなく、僕たちは卒団式を迎えた。

最後の挨拶の時、新菜は中学でもサッカーを続けるのか、とコーチから訊かれた。

いいえ、と僕は首を振った。中学校に男子サッカー部があることは知っていた。でもその中に混じってやるには身体能力の面でハンディキャップが大きすぎたし、あの男に何度も言われた通り、他の部員に気を遣わせることになるのは明白だった。それは僕としても本意ではない。

女子だけのチームもあるにはあった。だが自宅から一番近いところでも、電車とバスを乗り継いで片道約一時間半の場所にあるグラウンドを活動拠点にするチームだったので、さすがの親もそこまで通えとは言わなかった。僕自身も、そこまでして続けたいとは思えなかった。

そうして僕の短いサッカー人生は幕を閉じた——余計な一人称を残して、だ。

「——悪かったな」

その声は右隣から聞こえてきた。振り向くと、高校一年生に成長した時山の横顔があった。

時山が買い物から帰ってきてしばらくは、三人で石段に腰掛けて飲食しながら他愛もない話に花を咲かせていた。その途中で春川がふいに腰を上げ、「二人はもう少しゆっくりしてなよ」と言い残して花火セットのところに戻っていった。先刻の予告を実行したのだろうと思った。それを皮切りに僕たちの間には、一人分のスペースと静寂が生まれていた。

街灯の白い光が時山の輪郭を縁取っていた。彼の視線の先には、氷上を舞うフィギュアスケート選手のように砂浜で優雅に踊る春川の姿がある。両手には先端から勢いよく火花を噴出する花火を持っている。彼女が身を翻すたびに美しい光の軌跡が闇を切り裂いた。おそらく振り付けは適当だろうが、夏の夜の海というリリカルな補正も加味されてそれなりに様になっていた。

僕は少し考えてから言った。

「前は僕もムキになったからお互い様だよ」

「いや、公園でのこともそうなんだけど、それだけじゃなくて……その、昔のことか全部ひっくるめて、本当にごめん」

彼はそう言って折り目正しく頭を下げた。

根は良い奴なんだろうな、と僕は思った。思い返せば、小学校の頃だって僕以外の仲間からの人望は厚かった。

「もっと早くにこうするべきだったたって反省してるし、それ以上に後悔してる。だから今日は一応俺なりに覚悟を決めてきた」

一体何の話をしてるのだろうか。神妙に前置きする時山の態度に、僕は頭に疑問符をもたげた。

何度か彼は大きく深呼吸を繰り返した。ゆっくり吸って、吐いて、もう一度吸って、そして吐き出された息には本心が宿っていた。

「好きだったんだ、お前のことが」

水をうったように全神経細胞が凪いだ。

好き？　あの時山が、僕のことを？

何とか再起動した脳でありとあらゆる可能性を模索する。

「……えっと、それは友達的な意味で？」

「恋愛的な意味で」

淀みないその声に、全身の皮膚が明瞭に熱を帯びた。

血液の温度の高ぶりをこんなに生々しく実感したことはこれまでになかった。今が昼間じゃなくて良かったと、心から思う。

「だからお前に振り向いてほしかった。もっとお前のことを知りたかったし、俺のことをお前にも知ってもらいたかった。色んな顔が見たかったし、色んな声が聴きたかった。でも情けない話だけど、普通に喋りかけるのは何かすげえ恥ずかしくてさ、ああいうふうにしか関わることができなかったんだ。それでお前が反応してくれるから嬉しくなって、つい調子に乗って言い過ぎちまった。本当にごめん」

ひんやりと心地いい夜風が僕に平静さを取り戻させた。冷めた頭で少し考えると、時山が吐露した真相はわりとすんなりと受け入れられた。

ただやはり、どうやら彼はいくつか勘違いをしているらしい。せめてそこだけは訂正しておこう。

「前にも言ったけど、僕がサッカーをやめたことと時山とは本当に無関係だから、そう何度も謝られるとかえって慇懃無礼っぽさが出てくるよ」

「俺は別にそういうつもりじゃなくて……」

「それはわかってるから。はい、だからこの話はもうおしまい」

ピシャリと強引に幕を引いた僕に、時山は後ろ髪を引かれるような眼差しを寄越す。

その顔を見て、もう一つ言い忘れていたことを思い出した。

「それと僕の喋り方に関しても、時山への当てつけとかじゃないから」

時山がはっと目を丸くする。

「それじゃあなんでまだ男みたいに、『僕』なんて言い続けてるんだよ。何もない女子高校生がそんな一人称使わないだろ」

耳が痛い正論に僕は一瞬たじろぐ。いつだったか、生意気そうな小学生にもそんなことを言われた苦い記憶が蘇る。

そんなことは僕だって重々承知しているし、理由だって当然ある。しかし、それをつまびらかにするのは少々躊躇われた。我ながら本当に情けないことだと自覚しているし、つい先ほどは友達に「越我っちほんと可愛いもう大好き！」と哄笑しながら抱きつかれたばかりだ。

ただ、この局面で一方的に黙秘を貫くというのも、誠意を示してくれた時山に対してあまりに不誠実な気がした。

だから僕は意を決して伝えることにした。

「やめ時を見失ったんだ」

「……は？」

「中学に入ったらやめるつもりだった。でも気づいたらこっちの方が体に馴染んでて、むしろ私って言う方が恥ずかしいと感じるようになっていたんだ」

あ然と口を開く時山。無理もない、逆の立場ならきっと僕だってそうなる。

「周りにはそんな子一人もいなかったし、だから僕って言うのが変なのは理解してた。でもいきなり私に戻すのもやっぱり抵抗があって。その板挟みの末にたどり着いた解決策、というか逃げ道が……」

「人と喋らないこと」

僕の言葉を時山が引き継いだ。頷いて、僕は最後に付け加えた。

「だからサッカーをやめたことと僕が年々孤立していったことも、正直全く関係ないよ」

春川のように笑い出してくれることを期待したが、すぐには返事がなかった。

情報を整理しているような間があり、時山はおもむろに満天の星を仰いだ。そのまま体の内側に蓄積されていた何かを解放するように、じっくりと時間をかけて息を吐き出した。儀式じみたその行為を終えると、憑き物が落ちたような声で彼は言う。

「なんだそんなことかよ。あー、心配して損したわ」

「そんなこととは酷い言い草。コーチに言おっかな」

「残念だな、ここにコーチはいない」

「じゃあもう泣いちゃう」

「やべ、俺もちょっと泣きそう」

僕のは冗談だったけど、もう一人は違ったらしい。会話が途切れた直後、ふいに洟をすする音が隣から聞こえてきた。まさかと思い横目で確認すると、彼は顔を上に向けたままシャツの袖で目元を拭っていた。

その姿に少し胸が締めつけられた。彼は本当に僕のことを気にかけてくれていたらしい、こぼれる涙が何よりの証拠だった。

「ごめんね、時山」

「なんだよ急に」

「ううん、僕はまだ謝ってなかったから、ごめん。それと、ありがとう。ずっと僕を見ていてくれたこと」

「……おう」

涙混じりの声は優しく夜闇を震わせた。

湿り気を孕んだ風がそっと鼻先をかすめる。ノスタルジックな潮の香りはどこか遠く感じられ、実体のない物寂しさが胸中を満たした。季節は移ろい立ち止まることなく変化し、名残惜しむ間もなく気づけば次の季節がやってくる。もうすぐ夏が終わる、そんな海の声を聴いた気がした。

それでも、と僕は思う——この夏は多分、一生色褪せることはないんじゃないかと。

根拠なんてどこにもない。

ただそうあれと、強く祈った。


新菜が寝坊するのは珍しいことだった。やはり昨夜全然寝つけなかったのが原因だろう。

二学期の初日に遅刻は勘弁してほしいと、慌てて支度を済ませて家を出た。必死にペダルを漕いだ。やがて住宅街の中に見慣れた校舎が現れ、適度に減速しながら校門を通過した。駐輪場に自転車をとめて、昇降口に駆け込んだ。

周囲にはちらほらと学生の姿が確認できたので、ようやく一息ついた。ぎりぎり間に合ったようだ。青信号が続いたのが幸いしたらしい。

　こげ茶色のローファーを脱いで、下駄箱の上履きと入れ替える。それを足元のすのこに落として履いた。足裏に広がるゴムサンダルの感触に、新菜ははたと気づく。そうか、今日からまた自分は高校生に戻るのだと。

　いや、実際はこの夏の間もずっと高校生だった。一人の時間が続いたせいでそれを忘れかけていただけだ。でも、それももう大丈夫だ。両手のひらで頬を軽く二度叩き、気を引き締め直した。

　下駄箱のスチール扉を閉めて教室に向かおうとしたところで、新菜は昇降口にやってきた人影に気づいた。

　時山億都だった。目の下に黒ずんだ三日月ができている。今朝洗面所の鏡で見た自分の顔にそっくりだ。

　口を中途半端に開いたまま、新菜の体は停止する。それとは裏腹に、頭の中は猛回転していた。ここはどうするべきなのだろうか。今まで通りこのまま立ち去るべきか、それとも何か声をかけるべきなのか。正解の道がわからない。

「隈、すげぇな」億都が言った。「アドレナリン出過ぎて寝れなかったのか？」

　新菜は思わず拍子抜けした。彼が普通に話しかけてきたことも要因の一つだが、その口振りがどこか懐かしく感じられ、肩の力がすっと抜けた。

「時山こそ、この顔にピンときたら、みたいな人相になってるよ」

「え、まじで？」

「まじで。帰ったらちゃんと寝なよ」

「お前もな」大きなあくびをしながら億都が靴を履き替えると、そのまま自然と二人は横並びになって歩き出した。

少し廊下を進んだところで、女子便所から出てきた光璃と鉢合わせた。

挨拶を交わした後、彼女は改めて新菜と億都を見比べて、納得したように笑顔で何度か頷いた。

「いやぁ、それにしても」光璃は自身の顔の輪郭に片手を添えた。どこか恍惚とした表情を浮かべている。「あのラーメン屋で二人の昔話を聞いた時は正直、時山くんのこと軽蔑したんだけどさ。帰り際に『さっき越我と撮った写真、後で送ってくれ』って頼まれた瞬間、ピンときちゃったよねぇ」

「え？」と、新菜と億都が同時に反応する。

直後、彼は目を見開いた。先ほどまでの眠そうな気配は一気に霧散した。

「おい、春川。それは内緒だって言っただろ」

「でも、もう二人仲直りしたんでしょ？」

「それとこれとは話が別だって」

狼狽（うろた）える億都の横で、新菜が小さく手を挙げる。「えっと、それってつまりどういうこと？」

あの時、億都が今度は二人だけでどこかに行こうとでも誘い、光璃が頬を赤らめてそれを受けた——新菜の想像ではそんなふうな構図が成立していた。まさか、あの食事中に撮られたツーショット写真を要求していたとは思いもよらなかった。しかし一体全体何のために。

「だから要するに、時山くんはまだ越我っちのこと——」

「待てまて、まじでストップ、ストップ！」

億都の抵抗空しく、光璃は新菜の耳元に口を近づけた。

次の瞬間、何かが開かれる音が、新菜には聞こえた気がした。

おわり

雨と向日葵

麻沢奏

をかけてきた。

「乗らないの？」

マンションのエレベーターのドアが開き、驚きで固まったままだった私に、彼は声をかけてきた。

「の、乗る！」

開くボタンを押したままにしてくれているのがわかり、私は慌てて乗りこむ。先に人が乗っていたと気づかなかったから、こんなに驚いたのではない。ブレザー姿の彼、長谷(はせ)君が、朝このマンションのエレベーターに乗っているという事実に、頭がフリーズしたからだ。

すでに一階ボタンが光っているのを確認した私は、下降する独特の浮遊感と狭い密室内での沈黙にそわそわして、たまらず口を開いた。

「全然知らなかったんだけど、このマンションに住んでたの？」

高校で同学年の長谷君だけれど、同中だったわけでもなく、クラスも違う。ちなみに彼は特進科で、接点などないに等しい。

それなのにこうして声をかけてしまったのは、少なからず顔見知りだったからだ。中学校の頃の話だけれど。

「この前の週末、越してきた」

長身の長谷君を見上げると、彼は視線を前に向けたままで抑揚もなく答えた。サラサラの前髪が睫毛にかかりそうだ。

「そうなんだ！　びっくりしたー。私は七階に住んでるんだ。あ、さっき乗りこんだときにわかったよね、ハハ。ちなみに七〇五号室で」

そこまでまくし立てるように話すと、一階に着いたエレベーターのドアが開いて、先に長谷君が出ていく。笑顔のままであとに続いた私は、自転車置き場のほうへと向かう長谷君のうしろ姿に声をかけた。

「よろしくー」

長谷君は返事代わりに横顔だけで振り返り、ちらりと私を見たかと思えば、なにも言わずに角を曲がっていった。

ずるいな、自転車。ここから高校までの距離だと、徒歩通学指定のはずだ。だから、きっと引っ越し前の住居で取った自転車通学許可をそのまま継続利用しているに違いない。

カシャンとストッパーを上げた音がして、自転車に乗って歩道から車道脇へと出る長谷君が一瞬だけ見えた。長谷君が自転車に乗る姿を見るのは、中学三年以来だ。

思い出すのは、中学時代の朝の風景。ここから五分ほどのバス停に毎朝立っていた私と、自転車でその前を通り過ぎていく長谷君。西中でバス通学だった私は、東中の制服をかっちりと着てシャッと通り過ぎるその姿を、よく見かけていた。

顔は知っているものの、名前なんてまったく知らなかった。だから、先々月の高校の入学式で彼の名前を初めて知り、驚いた。まさか、新入生代表の挨拶をするほど頭がいいとは思わなかったのだ。

あぁ、でも、中学で生徒会に入っていたとか言っていたな。

ふと思い出して、顎に手をやる。そう、中学時代のその朝の時間、一度だけ言葉を交わしたことがあった。

「おい、葵。なに突っ立ってんだ？　遅刻するぞ？」

マンションのエントランスでたたずんでいると、うしろから軽いゲンコツが降ってきた。振り返らなくてもわかる声。これは、小六からの同級生でこのマンションに住んでいる、伏見将也だ。

寝癖のついた短髪をそのままに、大あくびをしながら歩いていく。私もその横に並んで歩き出した。

六月の朝は、少しだけ肌寒く、湿気も多い。空も、雲のせいで低く感じる。

「ねぇねぇ、将也、知ってた？　長谷君がこのマンションにこの前引っ越してきたこと」

「長谷？　マジ？　俺の前の席の笑わない秀才が？」

将也も長谷君と同じ特進科だ。一学期は座席が名前順だから、前うしろなのだろう。

特進科には得意な国語のおかげでギリギリ入れたと言っていた。周りのみんなのレベルが高すぎて、授業についていくのがやっとらしい。

「ていうか、なんで葵が長谷のこと知ってるんだよ?」

「中学でバス待ってるときに、長谷君がよく自転車で通ってたの。将也は部活の朝練で早かったから知らないだろうけど」

「へぇ」

「それに、一回だけ話したことがあるんだよね。私が具合が悪くなってうずくまっていたところに通りかかって、声をかけてくれて。だから、いい人だってわかる」

将也はちらりと私を見て、鼻で笑う。

「単純だな。もしかして初恋か?」

「違うよ。誰かさんと違って優しいなと思っただけ」

そう言うと、頭をまた小突かれた。

高校までは、徒歩で二十分弱。入学してから、いつもこんな感じで登校している。


「おかえりー、佳(けい)ちゃん」

「ただいま。あー、いい匂い。いつもありがとう、葵」

会社から帰ってきた佳ちゃんに笑顔を返し、ビーフシチューの鍋に火をかける。

佳ちゃんこと向井佳子は、私のいとこで、二十六歳のＯＬさんだ。小六のときに両親を亡くした私は、佳ちゃんの両親である伯父さん伯母さんのおうち、この部屋に引っ越してきた。そして、伯父さんの海外勤務に伯母さんもついていくことになった二年ほど前から、佳ちゃんとふたり暮らしをしている。

「お風呂の準備もできてるけど、どっちが先がいい？　あ、ミルクプリンも作ったから、入りそうだったら食べてね」

佳ちゃんは仕事が忙しいから、家事は私がしたいと申し出た。おかげで、料理やお菓子なども、ひととおり作れるようになった。

「あーもー、葵は天使だわ。お腹ペコペコだから、夕飯とデザートを先にいただきます」

笑顔の佳ちゃんを見て、私もうれしくなる。お世話になっている感が強いから、こうして役に立てていることにほっとする。

「学校のほうはどう？　いろんな中学から来てるって言ってたけど、友達増えた？」

「うん、けっこうクラスの雰囲気もいいし、いろんな人と話すよ。まぁでも、やっぱり一番話すのは、ミケかな」

ミケというのは、三毛谷詩という、中学から一緒の女友達だ。

「勉強のほうは？」

にっこりとして首をかしげる佳ちゃんと、同じ笑顔で同じ方向へと首を倒す私。

「まぁ、うん、まぁ、ね」

「期末テストは来月頭だったっけ？　頑張ってね」

「ハハハ」

乾いた笑い声を出した私は、心のなかでため息をついた。佳ちゃんがこんなふうに圧をかけてくるのにはわけがある。先月あった中間テストの結果が散々だったからだ。

佳ちゃんが言うには、私の成績に目を光らせるのも、現在保護者である自分の役目らしい。だから、今度の期末テストの結果次第では、週末だけしているコンビニのバイトも辞めさせる、という約束だ。

私にかかるお金の負担を、ちょっとでも減らせるようにとはじめたバイト。高校に入ってせっかくはじめられたのに、こんなに早く辞めさせられるわけにはいかない。

「あ、ほら、将也がいるじゃない。勉強教えてもらえば？」

「将也かぁ。前教えてもらったことあるけど、教え方下手なんだよね。わからない人の気持ちがわかっていないというか」

佳ちゃんが生あたたかい目で私を見ている。きっと、何様だ、と胸の内でツッコんでいるのだろう。

「まぁ、うん。テスト範囲がぼちぼち発表されてるし、将也に声かけてみようかな」

そう言うと、佳ちゃんは、うんうん、と頷いてミルクプリンを食べた。

「葵さ、今日も将也と学校来てたじゃん？　一部で付き合ってるって噂になってるよ？」

翌日、移動教室のため廊下を並んで歩きながら、ミケがそんなことを言ってきた。

「そうなんだ。中学のときはそんなこと言われなかったのに、高校生になったら噂されるんだね」

「そりゃ、中学のときのうちらの学年、男女ともに特別仲がよかったからね。でも、高校はまた別でしょ。恋愛目線で見たり見られたりも増えるはず。いや、増えて然るべきだわ。彼氏欲しいし！」

ミケのガッツポーツに、思わず噴き出してしまう。

「彼氏かー。私にもできるのかな」

「葵は、将也に対しても他の男子に対しても、全然意識してないもんね。中学の延長というか、お子様というか。ドキッとかキュンッとかないでしょ？」

「たしかに」

廊下でふざけている男子たちを見る。まるでそんな気は起こらない。

「たしかに、じゃないわよ。とりあえず、将也との誤解を解いたり、誰とでも仲よくする中学ノリをやめたりしたほうがいいわよ。恋愛したいなら」

「恋愛ねぇ」

　ごもっともだけれど、私にとって今大事なことは、一週間の晩御飯の献立決めと、そのための買い出し、そして、成績を上げることだ。将也と噂になっていようがいまいが、そこまで気にならない。だって、噂なんて、そのうちみんな飽きて消えていくものだから。

　あ、そうだ。そういえば、将也に勉強を見てもらうことを、今朝頼み忘れていた。スマホはゲームのしすぎでお母さんに没収されていると言っていたし、明日の朝も偶然一緒になるとは限らないし、かといって特進科に言いにいくのも面倒だしな……。

　結局、帰り際にルーズリーフにそんな手紙を書き、折りたたんで将也の靴箱に入れた。


【同じマンションだし、今日から期末テストまで勉強教えてくれない？　お礼は手作りデザートということで。（ちなみに今日はミルクプリン）　葵】


　そして、近くのスーパーで買い物をすませた私は、自宅で夕飯の準備をはじめる。

　昨日、たくさんミルクプリンを作っておいてよかった。ミルクプリンは、将也の好物だ。きっと、つられて来てくれるだろう。

　小六から同じマンションで同級生ということもあり、この家に来たことも何度かある将也。伯父さん伯母さんや佳ちゃんとも顔見知りだし、こうして家に招くことも抵抗がない。まぁ、こういうところがよくない、とミケに怒られそうだけれど。

夕方六時過ぎにインターホンの音が聞こえ、私はモニターも確認せずに「はーい」と言いながら玄関ドアを開けた。けれど、笑顔で迎えた相手は、将也ではなかった。

「え……」

ここ最近同じことがあったような、という既視感。『乗らないの？』の低い声が、耳によみがえる。

長谷君だ。ブレザーを脱いだ、長袖白シャツに紺のチェックのスラックス姿の長谷君が、片手に参考書らしきものをかかえて立っている。一段低い位置なのに私より背が高く、キャラクターTシャツに半パン姿の私を見下ろしている。

「どこでするの？　なか入っていいわけ？」

理解が追い着かずに笑顔で首をかしげると、

「勉強」

と続く。そこで、瞬時に記憶を巡らせた私は、ひとつの可能性にたどり着く。

将也と長谷君は、前後の席だと言っていた。ということは、出席番号がひとつ違いということで、きっと靴箱も同じ列のひとつ違いだ。私、名前が書かれた上に入れたっけ？　それとも下に入れたっけ？

そんなことはどうでもいい。一段間違えた。それは事実なのだ。だって、手紙を見てここに来ているのは、将也ではなく長谷君なのだから。

「えーと……」

もう一度、長谷君の腕を見た。かかえている参考書は一冊じゃない。それに、問題集らしきものも見える。私に本当に勉強を教えにやってきたんだ。

「な……なかへ、どうぞ」

「お邪魔します」

頭を少し下げて玄関を上がった長谷君に、心臓がドクドクする。今日ミケが言っていたドキッなどではない。予測不能な状況における動悸だ。間違えましたと言う勇気が出なくて、たいして親しいわけでもない男の人を家に入れてしまった。

でも、悪い人じゃないことはわかっている。そして、秀才だということも知っている。うん、大丈夫だ。大丈夫だろう。

深呼吸をした私は、自分の部屋はさすがに微妙だから、リビングのダイニングテーブルへと長谷君を通した。キッチンとひと続きになっている十畳の空間には、作り終えたばかりの豚汁の匂いと、炊飯中の御飯の匂いが充満していた。

「ここで……悪いけど」

「わかった。とりあえず、中間の答案とか、ここ最近やった小テストの答案見せて」

四人分のチェアのひとつに腰かけた長谷君は、シャツの袖のボタンを外して三回ほどまくし上げながら指示してきた。私は言われるがまま、自分の部屋へ飛んでいって答案用紙をかき集める。引き出しやらファイルやら大慌てで探したせいで、絶対に勉強机は見せられない状態になった。

戻って差し出すと、長谷君は、私の残念な答案用紙を、まるでどこかの社長さんが書類を見るかのように一枚一枚見ていく。斜め前に座った私は、コンビニの面接の緊張感を思い出していた。

あぁ、バカにされるだろうな。将也だったらいつも、笑うか、けなすか、あきれるかの三択だ。

「暗記系は努力次第でなんとかなりそうだな。そっちはテスト数日前から叩きこむとして、とりあえず理解が足りてなさそうな数学と化学からする？」

「え？」

「どっちからがいい？」

「じゃあ……数学から」

そう答えるや否や、長谷君は自宅から持ってきたのだろう問題集をパラパラめくって、探し当てたページをこちらへ寄せてきた。

「ここ絶対出るから、とりあえず解いてみて。わからないところで聞いてくれたら解説する」

「は……はい」

そこからは、もう言いなりで必死に問題を解き、そして解説を受けるを繰り返した。長谷君が指示する設問は、私ができないままにしていたところばかりで、ちゃんとわからない部分を理解するまで解説してくれる。しかもそのあとで類題を何問か解かせるものだから、自分の力で解けるようになる達成感までがワンセットだ。

気づけば一時間があっという間で、玄関の鍵が開錠される音と、「ただいまー」という佳ちゃんの声で現実に戻った。

「えっ！　あっ！　ごめん、帰ってきた」

「お母さん？」

「佳ちゃん！」

立ち上がったときにはもう、リビングの入口に佳ちゃんが来ていた。そして、長谷君の姿を目に入れて、口をあんぐりと開ける。

「あらー……玄関の靴は将也かと思ったけど、違ったのね」

驚きの表情が次第にほどけ、頬をゆるませる佳ちゃん。なにか勘違いされていそうで、慌てて今やっていた問題集を見せた。

「べ、勉強を教えてもらうことになったの！　同じ高校で、この前このマンションに引っ越してきた長谷君！　入学式で挨拶するくらい、めちゃくちゃ頭いいの！」

私の説明を受けて、長谷君も立ち上がってペコリと頭を下げる。

「十二階に越してきた長谷です。お邪魔しています」

佳ちゃんはわざとらしく大きく二度頷いて、長谷君を上から下まで見た。

「私も入学式見に行ったし、背が高かったから、なんとなく覚えてるわ。へぇー、引っ越してきたのね。よろしくお願いします。葵のいとこで保護者の向井佳子です」

挨拶がすむと、私は急いでテーブルの上を片付け、長谷君を玄関へとうながす。こんな場面を作ってしまって、長谷君も気まずいだろう。そもそも、急に勉強を教えてもらうこと自体、失礼極まりない。

「ごめんね、長谷君。でも、今日は本当に苦手なところが克服できて助かった。ありがとう」

靴を履いた長谷君に、持ってきてもらった問題集を返そうとする。すると、長谷君はじっと私を見下ろし、なにか言いたげな顔をした。

「あ！　そうだった！　お礼！　ちょっと待ってて」

冷蔵庫へと走った私は、プラスチックの器に入れたミルクプリンを取り出す。ご家族もいるだろうから、とりあえず四個くらいでいいかな？　手提げ紙袋に入れて、また玄関へと急いだ。

「これ、ミルクプリン」

「……どうも」

「あ、容器は」

安物だし返さなくてもいいよ、と伝える前に、

「明日のこの時間に持ってくる」

と、すかさず言われる。そして長谷君は、「お邪魔しました」と玄関を出ていった。

問題集を手に持ったままの私は、頭の上にクエスチョンマークを出す。

明日？

そこで、自分の書いた手紙を思い出した。【期末テストまで】……たしかに、そう書いたと。

「葵、よかったじゃない！　学年トップの子に勉強教えてもらえるなんて。よく声をかけたわね」

背後に来ていた佳ちゃんが弾んだ声を出し、私の背中に手を当てた。ビクッと肩を上げた私は、指を折って計算をはじめる。期末テストは七月の頭だから、それまでは、あと十日ほどだ。

「ハ……ハハ」

撤回する機は逃したし、自分のまいた種とはいえ、えらいことになってしまった。

私は作り笑顔を引きつらせて、「そ、そうだね」と頷いた。

翌日、昨日より少し早めの夕方五時四十五分に長谷君は来た。昨日は豚汁しか作れず質素な夕食になってしまったので、制服姿のまま大急ぎで夕食の支度を終えていた私は、「はーい」と言ってまた長谷君を迎える。

「プリン、美味しかった」

そう言われ、洗ったカップ四つ分を入れた手提げ紙袋を返される。

「よかった。ご家族のお口にも合ったかな？」

「俺が全部食べた」

予想外の返答に、私は目を瞬かせた。長谷君は、甘いものが好きなのだろうか。

さっき、ホットケーキミックスで作る簡単なチョコブラウニーも準備して冷やしたから、帰りにまたあげよう。

家に上がり、またダイニングテーブルの同じ席に着いた長谷君は、さっそく昨日同様、私に問題集を解かせた。一学期に習ったなかで、やっぱり私が苦手なところばかりだ。昨日答案用紙をちょっと見ただけなのに、よく私の苦手なところを掴んでいるなと感心する。

「で、できたー……」

　一段落して時計を見ると、七時前になっていた。あと十五分もすれば、佳ちゃんが帰ってくる時間だ。昨日と同じく、あっという間の一時間だった。

　伸びをしていると、長谷君がテーブルの上を片付けはじめる。今日はもう終わりのようだ。

「あ、チョコブラウニーいる？」

　そう言うと、まるで条件反射のように長谷君のお腹の音が鳴った。ふっと笑ってしまったけれど、長谷君は動じずに、

「食べる」

　と答える。まだ冷やし足りないからやわらかいだろうけれど、ここで食べていくというような返答に、私はコーヒーとチョコブラウニーを急いで用意した。

　出すと、とてもきれいな所作で口に運んでいく長谷君。斜め前でそれを見て、そういえば、ちゃんと長谷君の顔を見るのは初めてかもしれないと思った。

　サラサラで長めの前髪の奥には、睫毛の長い奥二重の切れ長の目。通った鼻筋に、薄い唇。中性的なようでいて口はけっこう大きく、ひと口が多い。だから食べるのがものすごく早いけれど、ガツガツしている様子は一切ない。

「なに？」

「ううん」

じっと見ていると、食べ終えてコーヒーを飲んだ長谷君と目が合った。

「えーと……美味しくなかった？」

「いや、めちゃくちゃうまい」

「そっか。無表情だから、心配になっちゃったよ」

将也も長谷君のことを〝笑わない秀才〟と言っていた。たしかに、昨日も今日も、長谷君の笑顔は見ていない。

「感情を顔に出すのが苦手なだけだ」

「それって昔から？」

そう言うと、長谷君はなにも答えずに、

「そっちは、いつもヘラヘラしている」

と、私へと話題を変えた。

「私？」

自分を指差し、ハハハと笑う。ヘラヘラじゃなくて、笑顔と言ってほしい。

「知らないばあさんの荷物を持ってバス停までノロノロ歩いて、バス逃したときも。小学生が傘の水気を飛ばしたときに、かかったときも」

「え？　うそ、見られてたの？」

「毎朝通ってたから、嫌でも目に入る」

そうか。私が長谷君のことが目に入っていたのと同じで、長谷君からも見られていたのか。ちょっと恥ずかしい。

「大雨のなかでうずくまっていたときも、ヘラヘラしてたし」

「……あー……」

「真っ青な顔をしているのに笑っているのは、なかなかのホラーだった」

頭を掻き、当時のことを思い出す。そう、中学のときに一度だけ長谷君と話をした、あの朝の出来事だ。

中三の初め頃、バス停に向かうために歩いていたら、急な土砂降りになった。折りたたみ傘を出すために、バス停まであとわずかのところにある店の軒下に入った私は、シャッター前で傘を開こうとしていた。

けれど、具合が悪くなり、その場にうずくまってしまったのだ。眩暈と寒気のせいで震えは止まらず、立ち上がることもできない。そんなときに、一度も話したことのなかった他校生の長谷君が、カッパ姿で自転車から降りて声をかけてきた。

『大丈夫？』

そのとき、私は笑って『大丈夫』と答え、一度長谷君は通り過ぎていった。けれど、一分もしないうちにまた戻ってきた。

スマホを持っているか聞かれ、まだ持っていなかった私は首を振った。そしたら、長谷君は自分のスマホを出して、親に電話できるか聞いてくれた。それで、佳ちゃんに電話をかけさせてもらったんだ。

『ごめん、生徒会の集まりがあるから、先に行く』

電話で身内が来てくれることを確認した長谷君は、大雨のなかをまた自転車に乗って走っていった。そのカッパを着たうしろ姿を見送りながら、親切な人だなと思ったことを覚えている。

「一年ちょっと前だったよね？　あのときはありがとう」

「翌日、チャリで通り過ぎるときに聞いたよ」

「ハハ、一瞬だったけど、ちゃんと聞こえてたんだね」

そんなことがあったからといって、それ以降、言葉を交わすようになったわけではない。それっきりだ。でも、相手の人柄がわかると、見方が変わる。彼が通り過ぎるたびに、生徒会頑張ってるのかなとか、ちょっと日焼けしたなとか、身近に思うようになった。車輪の音ひとつで、彼だとわかるようにもなった。

それに今現在、長谷君が笑わないからといって、冷たいなんて思わない。成り行きながら勉強を教えてもらえていることも、彼らしいと思えるほどだ。

「もうすぐ帰ってくるんだよな？　保護者のいとこ」

「佳ちゃん？　うん、電車がちょうど駅に着いた頃かも」

「御飯の準備とか、向井が全部やってるの？」

　初めて苗字を呼ばれて、ちょっと驚いた。あぁ、そうだ。昨日、佳ちゃんがフルネームで自己紹介したからか。

「うん。面倒を見てもらってるから、できることはしたくて」

　笑って長谷君の顔を見ると、やはり無だった。でもなぜか説明を求められているように勝手に感じ、自分から内情を話し出す。

「あ、うちの両親、小六のときに交通事故でふたりとも死んじゃってね。それで……」

　父親の姉夫婦のこの家に引き取られたこと、二年前から佳ちゃんとふたり暮らしだということ、家事は自分から買って出ているということ、週末は駅前のコンビニでバイトしていること、期末テストの結果次第ではバイトを辞めさせられること。

　そんなことまで言う必要はないのに、バカ正直にぺらぺらと語ってしまった。

「アハハ、話しすぎだね。まぁ、そんなこんなで」

「そんなに笑いながら話す内容？」

　上がりきった口角を止めた私は、また「ハハ」と短く追加して、うんうんと頷く。

「たしかに、ちょっと重かったか。ごめんごめん」

「いや、謝るのもおかしい」

数式の間違いを指摘するかのように、軽く受け流そうとする私に淡々とツッコむ長谷君。

「だってさ、悲劇のヒロインぶって話すのも微妙じゃない？　それに、顔で笑うとね、脳が勘違いして、そんなにたいしたことじゃないって思えるらしいよ？　前にテレビで見たの」

「それは聞いたことあるけど」

長谷君は短く息をつき、コーヒーの残りを飲んだ。掛け時計を見ると、もう十分経っている。自分がほぼひとりでしゃべりまくっていたことを自覚して、ちょっと恥ずかしい。

「ごちそうさま」

立ち上がり、皿とコップをシンクへ運んでくれる長谷君。

「とりあえず、期末テストに向けて本気なんだっていうのはわかった」

そう言って、参考書を片腕にかかえて玄関へと向かった。見送りに追いかける私は、また茶化してしまう。

「まぁ、私の頭でどこまでできるのかは微妙だけど」

「できるよ。向井は」

玄関ドアを開けて振り返った長谷君は、いつもの冷めた顔だけれど、目にだけ熱がこもっている気がした。

「できる」

「そ……そうかな」

「できると思ったり口にしたりすれば、脳が勘違いしてそちらに誘導してくれるらしいから」

真顔でさっきの私の話を盗むものだから、高揚した気持ちが一瞬で消沈した。いや、まあ、たしかにそれはそうなんだけどさ。

「じゃ、明日」

そう言って玄関を出ていった長谷君の横顔の表情が、ほんの少しやわらかく見えたのは気のせいだっただろうか。


次の日も、その次の日も、夕方六時前から佳ちゃんが帰ってくる前までの約一時間、長谷君の家庭教師が続いた。数学から化学へ移り、こんがらかる頭の私に丁寧に根気よく教えてくれる長谷君。感謝と申し訳なさで、お礼のお菓子は、杏仁豆腐やらアップルパイやらマドレーヌやら、いろんなものを作った。前夜に仕込んで寝ることもあった。

長谷君は、あいかわらず笑わないけれど、美味しいと言って食べて帰る。よく考えたら夕食前なのだけれど、家の御飯はちゃんと入っているのだろうか。

「入ってる」

「そっか。それならよかった」

金曜日の夜七時前、家庭教師が終わり、おしゃべりをしながら十枚ほどのクッキーとコーヒーを出す。長谷君が大きな口でそれを食べている様子を見ていると、いつもより早く玄関のドアが開く音が聞こえた。

「ただいまー」

佳ちゃんだ。たまに、こんなふうに帰りが早いことがある。

「あ、長谷君、こんばんはー。葵がいつもお世話になってますー」

長谷君は小さく会釈をして、帰ろうと立ち上がった。いつの間にか、全部平らげていたみたいだ。

「あら、せっかく会えたのに、もう帰るの？　葵の美味しい御飯、一緒に食べて帰らない？」

「佳ちゃん、長谷君ちは長谷君ちで、お母さんが夕飯を作って待ってるんだから」

急に誘う佳ちゃんにそう言うと、長谷君は、

「作って待ってない」

と言った。

「え？　だって、さっき、家の御飯、入ってるって……」

「コンビニ弁当買って食べてる。親たち、今週は新婚旅行中で、明後日帰ってくるから」

「新婚旅行？」

私と佳ちゃんの声が重なった。

「ずっと父子家庭だったけど、少し前に再婚したんだ。それを機に、このマンションに越してきた」

「へ、へぇー……」

そんなこんなで、長谷君は夕飯まで食べて帰ることになった。今日は、焼き魚と炊き込み御飯とお吸い物だ。食べさせるとわかっていたならお肉料理にしたのにと、少し後悔する。

けれど、長谷君はものの数分で食べ終え、炊き込み御飯のおかわりを二杯もした。将也と一緒に御飯を食べたときも思ったけれど、男子の胃袋ってどうなっているのだろう。

「親が不在って言ってくれたら、今週ずっと夕飯ごちそうしたのに」

「お菓子ももらってるし、そんなわけにはいかない。毎日うまそうな料理の匂いがするのはヤバかったけど」

噴き出してしまうと、なぜか佳ちゃんが得意そうに口を開いた。

「葵の料理、美味しいでしょ？」

「はい」

即座に返されて、うれしい。少し頬が熱くなって、手の甲で冷やした。

「葵はさ、ほんっとうにいい子なんだ。部活とかしたいだろうに、家事も嫌な顔ひとつしないでしてくれるし、バイトのお金は全部家に入れようとするし。いつもニコニコして、明るくて、前向きで」

「向日葵（ひまわり）みたいですね。名前も似てるし」

「え？　あぁ、ホントだね。さすが、長谷君」

ふたりが自分の話をしているのがこそばゆくて、私は「佳ちゃんにもクッキー持ってくる」と言って、キッチンのほうへ逃げた。同じ空間なのだけれど。

ヒマワリって漢字知らないけど、向井葵に似ている字なのかな。ていうか、花に例えるなんて、長谷君てば恥ずかしくないのだろうか？　天然？　あと、佳ちゃん、いろいろしゃべりすぎ。まぁ、私もこの前ぺらぺらと身の上話をしちゃったけどさ。

「てことで、土日はバイトだから、また来週月曜にお願いします」

帰り際、玄関で長谷君に頭を下げる。佳ちゃんは電話がかかってきて、リビングで通話中だ。

「わかった。来週水曜からテストだし、夜に今日マーカーしたところ全部暗記しといて」

「全部……はい」

けっこうたくさんあったけれど、家庭教師の先生の言うことには逆らえない。私は苦い顔で重々しく頷いた。

「御飯、ありがと。ああいうの久しぶりで、本当に美味しかった」

「いえ、ハハ」

ずっと父子家庭だったと言っていた。今まであんまり手料理とか出なかったのかなとか、手作りお菓子を喜んでくれていたのもそのせいかなとか、変に勘繰ってしまう。

「それじゃ」

そう言って、長谷君が出ようとしたときだった。開いたドアの向こうに人影があり、

「おわっ！」

という声が通路から響いた。

「あっぶねー……て、え？　なんで長谷？」

「伏見？」

外に立っていたのは、将也だった。目をまんまるにしている将也ほどじゃないけれど、長谷君も驚いている。

「どうしたの？　将也」

「うちの親が野菜持っていけって。はい」

「ありがとう。お礼言っといてね」

いろんな野菜が入った重い袋を、長谷君の横に手を伸ばして受け取る。将也は、またすぐに長谷君を見て、眉頭を寄せた。

「このマンションに越してきたことは知ってたけど、もう家を行き来するほど仲よくなったのか？　葵」

「いや、これにはいろいろと事情があって」

なんて説明すればいいものか。それに、どうして将也はイラついた顔をしているのだろうか。

「勉強を教えてる」

けれど、すかさず長谷君のほうが答えた。

「勉強？　家で？　ふたりっきりで？　こんな時間まで？」

「将也、変な誤解しないでよ。今日は佳ちゃんと三人で御飯食べてたんだってば」

納得のいかないような顔をしている将也は、腕組みをして「へぇ」と皮肉っぽく言った。

なんとかその場をおさめ長谷君に帰ってもらうと、残った将也は私の頭を人差し指で突く。

「俺に聞きゃいいじゃん、勉強」

「間違えたの」

「間違えた？」

息をついた私は、靴箱を間違えてしまったところから説明した。すると、聞き終えた将也は、目を覆って大げさに私をバカにする。

「葵はホント抜けてるな。正直に言えばよかっただろ。長谷にとっても、いい迷惑だよ」

「そんなことない。長谷君はすごく真剣に教えてくれるし、教え方も上手だよ」

「おい、今誰と比べたよ？　逆にラッキーだったたって言いたいのか？」

両こぶしで頭をはさまれグリグリしてくるものだから、私は「やめてー」と言って笑った。電話を終えた佳ちゃんが慌てて出てきて、「なんだ、将也か」とあきれた顔をした。

翌日土曜日、夕方五時にバイトを終えて外へ出ると、小雨が降っていた。梅雨時期だからと常備している折りたたみ傘を開き、バス停へと急ぐ。

「はぁ……嫌だな、雨」

雨の日は具合が悪くなることが多いから嫌だ。もうすでに、頭が痛くなってきた。

駅前のバスは便数が多く、すぐに乗りこむことができた私は、一番前の席に腰を下ろす。発車と同時に急に激しくなった雨音。私はバスの音だけに集中しようと努めた。

「ほら、土砂降りになったよ。よかったね、お父さん。僕とお母さんが傘を届けて」

「あぁ、ありがとな」

斜めうしろの席、女性に抱っこされた子どもとスーツ姿の男性の話し声が聞こえてくる。傘を忘れたお父さんを迎えにきたのだろう。仲がよさそうな家族だ。

ちらりと見てから窓へと目を移すと、外は真っ白になるほどの雨脚の強さになっていた。耳の間近で、割れんばかりの拍手をされているようだ。大きな雨音が、一気に耳に流れこんでくる。

『葵、一緒にお父さんを迎えにいこうか？　たまには帰りに外食でもしてさ』

『えー、でも見たいテレビがあるし、それを見るために、今、宿題やってるんだもん』

『あら、じゃあ、お母さんだけで行ってくるね。暗くなる前に帰ってくるから』

目を閉じると、砂嵐越しに映画を見ているように、記憶が映し出された。私はそれを振り払うように首を振って目を開け、自分で自分の両頬をパチパチ叩く。そして、無理やり口角を上げた。

「向井?」

聞き覚えのある声に顔を上げると、高い位置に長谷君の顔があった。しゃがんでいる私を、傘をさして立ったまま覗きこんでいる。ラフなTシャツにチノパン姿だ。

最寄りのバス停に着いて降りた途端、眩暈と頭痛でどうしようもなくなった私は、バス停の屋根の下でうずくまっていたのだ。

「なにしてるの?　長谷君」

「こっちのセリフだろ。俺はコンビニに食料を買いにいくところ」

あぁ、そうか。長谷君のお父さんたちが帰ってくるの、明日だったっけ。そんなことを思いながら、今まで膝を抱いて顔を埋めていた私は、周りを見回す。さっきよりも雨が弱まってきたみたいだ。

この小さなバス停は、私が中学に行くときに毎朝立っていたバス停だ。自転車通学の長谷君が通っていたバス停でもある。ベンチもなく屋根も最小限の広さで、私と長谷君が入ったらいっぱいだ。

「大丈夫?」

一年前と、状況が似ている。違うのは、長谷君が手を差し伸べてくれているところだ。なんとなく気恥ずかしくなってしまった私は、笑顔を作って頷いた。

「大丈夫だよ」

そう言っても、長谷君は立ち去らなかった。代わりに同じようにかがんで、視線を合わせてくる。私の顔を観察しているようだ。

「真っ青だよ。中学のときもだったけど、貧血持ち？」

「まぁ、そんな感じかな」

「雨なのも、あの日と一緒だな」

ハハハと私が力なく笑うと、長谷君はポケットからスマホを取り出した。

「歩ける？　それとも佳さん呼ぶ？」

「うーん……」

雨が屋根を打つ音が小さくなってきた。大丈夫だろう、さっきよりだいぶ身体も楽になってきたっぽいし。

「うん、歩いて帰れる」

ゆっくり立ち上がって折りたたみ傘を開き、長谷君に軽く右手を上げて「じゃ」と言う。けれど、マンションのほうへ歩き出すと、なぜか長谷君も横に並んだ。

「え？」

「え？　じゃないでしょ。倒れられると後味悪い」

そう言って、長谷君は結局送ってくれる。

私が大丈夫かチラチラと確認しながら、歩幅を合わせてくれているのがわかった。

なんだかこそばゆくて、こちらは早足になってしまう。

「それにしても、そんな状態でよくヘラヘラできるな」

「長谷君は、逆にもうちょっと笑えばいいのに」

小さな水たまりのせいで、ピチャンと水が跳ねる音がする。

「しかたがないだろ。いつの間にか、うまく笑えなくなってたんだから」

「それって、なにか心当たりがあるの？」

この話、そういえば前にもしたことがあった。あのときは、はぐらかされたけれど。

長谷君は、少しだけ沈黙を作ったあと、遠い目をして口を開いた。

「ずっと父子家庭で、父親を困らせないように、わがままを言わないようにしていたからかもな。気づけば、感情が表に出せなくなってた」

「そっか……ちょっとわかる気がする」

長谷君の横顔を見上げる。やはりなにを思っているのかわからない顔をしているけれど、いろいろと考えて生きてきたのは事実だろう。笑わない秀才だからって、無機質な人間だとは限らない。

「おい、水たまり」

ふいに腕を引かれ、長谷君側に寄せられた。大きな水たまりが私の目の前にあり、もう少しで靴が悲惨なことになるところだった。急なことでどぎまぎしてしまった私

は、

「あ、ありがと」

と目を見ずにお礼を言う。

それにしても彼は、本当に表情で損をしていると思う。だって、こんなに親切で優しいとわかれば、きっとみんな長谷君のことを好きになるだろうから。


「あ、そうだ。昨日は将也がごめんね」

玄関ドアの前で思い出した私は、身内の失礼を謝るように軽く頭を下げた。

「伏見のこと？　べつに。同じマンションだっていうのは知ってたし」

「教室で話すことあるの？」

「いや、全然。登校するとこを見たことあるだけ」

玄関ドアの前でそんな話をし、「そっか」と頷く。前後の席なのに、男子ってそういうものなのかな。

「あ、それより、コンビニに夕飯買いに出てたんだよね？　今からなにか作るから、食べていく？」

「病人にそんなことさせられないだろ。それより、向井は佳さんに連絡してなにか買ってきてもらったほうがいい。たまには手を抜け」

長谷君は踵を返し、またエレベーターのほうへと向かった。けれど、すぐに振り返り、

「あ、でも、暗記は手を抜くなよ？」

と付け加える。

私はふっと笑ってしまい、「わかった」と言って手を振った。


月曜日、七月に入った。テスト二日前ということで、休み時間にも英単語を覚えていると、ミケが私の席にやってくる。

「葵、ごめーん。ちょっと付き合ってくれない？」

「どうしたの？」

「古文の教科書忘れてさ。他のクラスの誰かに借りにいこうと思って」

ミケが私に手を合わせる。そういえば、今朝の登校時、将也とちょうど古文の先生の話をした。将也は古文の先生が苦手で、今日も授業で会うから嫌だと言っていた。

「将也に借りにいく？　古文あるって言ってたよ」

「そうなの？　じゃ、一緒に特進科まで付き合って」

特進科は同じ階だけれど、棟が違う。数クラスの前の廊下を歩き、トイレや階段へと曲がるT字も通過し、棟と棟をつなぐ渡り廊下を渡って、やっとたどり着く。

この高校に入ってから、初めて来た。さすがはトップクラス、私たちのクラスとは違って、話しているのだけれどなんとなく品があるというか、落ち着いている気がする。それはミケも思ったようで、小声で「おう……」と気おくれするような声が聞こえた。

「将也！　将也！」

ミケも将也と友達なので、廊下から手をぶんぶんと振って将也を呼ぶ。手でメガホンを作りながら小声で叫んでいるのが、滑稽だ。

すぐに気づいた顔をした将也。こちらに向かってくるけれど、私はその前の席に座っている長谷君が目に入り、ちょっと驚いた。なぜなら、女子と話していたからだ。

「どした？」

「ごめん将也、教科書貸して」

やりとりしている将也とミケの横で、私は長谷君とその女子をじっと見つめる。きれいなサラサラ黒髪の美人さんだ。長谷君は話しながら笑うことはないけれど、彼女は親しそうに話している。

「ひと足遅かったな。古文は偶然他のヤツに貸したとこだ。ていうか、忘れるヤツ多すぎだろ」

「えー！　ここまで来たのにー」

それを耳に入れた私は、「あ」と思いつき、

「長谷君！」

と呼んでしまった。話していた女子も、その周囲も、いっせいに私を見る。

「え……と、古文の教科書貸してくれない？」

注目されたことで怖気づいた私は、今度はトーンを落とし、身をかがめながらお願いポーズをした。すると、長谷君は机のなかから教科書を取り出し、廊下まで出てくる。私たち三人の前に立ってミケと将也を一瞥したあとで、私に教科書を差し出した。

「はい。古文はもう終わったし、急いで返さなくてもいいから」

「あ、ありがとう」

借りるのはミケなのだけれど、私が頭を下げて受け取る。その時間は一瞬で、すぐに長谷君は自分の席へと戻っていった。

あとから恥ずかしくなってきて、頬が赤くなっていくのがわかる。私はミケを引っ張って、「戻ろう」と言った。将也もミケも同じような、ポカンとした顔をしていた。

「びっくりしたー。葵、長谷律人（はせりつひと）と友達なの？　あの笑わない秀才と」

渡り廊下を戻りながら、ミケが興味津々な顔で聞いてくる。

「ちょっと話すだけだよ。ていうか、勝手にごめん。私の教科書をミケに貸すから、この教科書は私が借りて本人に返すね」

「ちょっと話すだけ、ってなにそれ？　超気になるー」

ミケの尋問をかわしながら、自分でも自分の行動に戸惑っていた。

長谷君は、いつもひとりでいるものだと思いこんでいた。だから、普通に女子と話をしている場面を見て驚いたんだ。それは、たしかだ。

でも、私、あんなふうにみんなの前で長谷君を呼ぶなんて……まるで、私も長谷君と友達なんですよ、とアピールしたかったみたいじゃない？　なんか、わざとらしくて、変じゃなかったかな。

ねぇねぇ、としつこいミケの横で、私の歩くペースはどんどん速くなっていった。


その日の夕方六時前、長谷君は先週と同じように我が家にやってきた。昼に借りていた古文の教科書を返すと、すぐに指導がはじまる。

「今日は、古語とか英単語とか社会系とか、暗記ものの一問一答ね」

「はい！　お願いします」

土日の成果を披露するように、私は長谷君の問いにテンポよく答えていく。途中、昼間のことを思い出したり、長谷君の顔や手をじっと見たりしてしまって集中が途切れそうになったけれど、慌てて意識を戻した。今日は、どうもフワフワしている。

「正解」

長谷君は淡々とそう言っては問題を続けていく。答えられる喜びもあるけれど、こんなふうに長谷君と問答を繰り返しているのが楽しい。ほら、やっぱり、あっという間に時間が過ぎていく。

「へぇ、けっこう覚えてる」

顎をさすりながら感心した声を出す長谷君に、私は親指を立てた。けれど、ふと気づいてしまう。明後日からテストなのに、長谷君は自分の勉強をしなくてもいいのだろうか。

「あのさ、長谷君。自分のテスト勉強は大丈夫なの？」

「大丈夫じゃないかも」

テーブルの上を片付けながらそう答えた長谷君に、私は勢いよく立ち上がる。

「えっ！　うそ、どうしよう！　ごめん！」

「うん、うそ。全然大丈夫」

長谷君は、俯いて軽く口に手を当てた。拍子抜けした私は、風船の空気を抜かれたかのように息を吐きながらヘロヘロと座る。

「なーんだ……よかった……」

「ふ」

そのときだった。そんな声が聞こえ、俯いた顔の口の端がわずかに上がったような気がしたのは。

わ、笑った？

途端に、胸の奥をきゅっと掴まれたかのような感覚がおそう。体中の細胞が一気にざわざわし出して、急に落ち着かなくなってきた。

「お菓子、準備してくるね！」

私はそれを誤魔化すように、シフォンケーキを取りにいく。

不意打ちだからか、ギャップだからか、笑わない秀才が笑う威力というのはすごい。ツボはわからないけれど、もっと見たいような、いや心臓に悪いような、妙な心地がする。

「これ、フワフワしてて美味しいな」

「でしょ？　アイスとの相性もいいんだよ」

「たしか、バニラなら家にある」

「じゃあ、お土産に渡すから、やってみて」

長谷君がケーキを食べるのを見ながら、他愛のない話をする。長谷君は、本当にスイーツが好きみたいだ。私のシフォンケーキにアイスを添えて食べている様子を想像し、含み笑いをしてしまった。

俯いて食べているから、長谷君のサラサラで長めの前髪が、目にかかっている。私はそれを見て、昼間に長谷君と話していた女子のことをぼんやりと思い出した。

　彼女の黒髪も、きれいでサラサラだったな。私はクセのある髪だから、うらやましい。特進科同士で頭もいいだろうし、長谷君も、ああいう女子のほうが好みなんだろうな……。

「……なに？」

「え？」

　あれ？

　気づけば、私は長谷君の前髪へと手を伸ばしていた。触れる直前だったものの、完全に無意識だった私は慌てて手を引っこめる。火がついたかのように顔がカッと熱くなり、どう取り繕うべきかあたふたした。

　そのとき、ピーンポーンとインターホンが鳴り、身体が一瞬浮いたのではないかというほどびっくりする。

　席を立ってモニター画面を確認すると、将也だ。また野菜かなにかを届けにきてくれたのだろうか。私は動揺したままで、長谷君に「ちょっと待っててね」と言い、玄関へと急いだ。

「今日もいるの？　長谷」

　ドアを開けるや否や、不機嫌そうな顔でそう言った将也。

「うん、もう勉強終わって帰る前だけど。どうしたの？」

「いや、べつに」

将也は首のうしろを掻いて、目を逸らした。けれど、鼻をクンクンさせて、ちらりと私へと視線を戻す。

「なんか作った？　甘い匂いするけど」

「うん、シフォンケーキ。あ、いっぱいあるから持って帰ってよ。おばさんたちにも、野菜のお礼っていうことで渡してほしい」

手を打って踵を返すと、ちょうどリビングから長谷君が出てきたところだった。将也の声に気づいて、出てきたのかもしれない。長谷君にも「ちょっと待ってて」と伝え、ふたりを残してキッチンへと戻る。

あのふたり、席も前うしろだし、マンションも同じなんだから、ちょっとは仲よくなったかな？　うーん、でも、そんな気配は皆無だ。今頃、なにか話してるだろうか。

そんなことを思いながら、シフォンケーキの入ったふたつの紙袋を持って玄関へ戻る。すると、すでに靴を履いた長谷君が玄関ドアを開けたところだった。

「あ！　長谷君待って。はい、これ、お土産」

慌てて長谷君に手を伸ばして紙袋を手渡し、手前の将也にも渡す。

「ありがとう」

長谷君はなかを覗いてそう言ったあと、私へと顔を上げた。その顔は、なぜか、さっきテーブルで見た顔とは違う気がする。気のせいだろうか。

「テスト頑張ってね。明日はもう来ないから」

「え？」

「それじゃ」

玄関ドアがゆっくり閉まる。だから、閉まりきる前には、もう長谷君の姿が見えなくなった。ガチャンと閉まった音が重々しく響き、私と将也がいる玄関スペースが急に狭く感じる。

「……あ、あぁ、そっか。さすがにテスト前日だもんね。来ないよね」

さっき全然大丈夫だとは言っていたけれど、自分の時間も確保したいのだろう。ちょっと驚いたけれど、それを誤魔化すように頭を掻いて笑う。

「葵さ」

すると、将也が私をじっと見てきた。腕組みをして、意味深な目だ。

「なに？」

「……いや、なんでもない」

なんなんだ、将也は。不機嫌そうだったり、意味深だったり。

外からはしとしとと小雨の音が響いていた。梅雨はまだ明ける気配がない。

その日の夜も、翌日も、長谷君のアドバイスどおり暗記ものをとにかく頑張った。テストは水木金の三日間。それぞれの前日に、翌日の教科をしっかり復習する。長谷君が睡眠だけはちゃんと取るようにと言っていたから、指示どおり六時間以上は寝た。けれど、最終日の金曜。ラスト二教科というところで、大雨が降り出した。数学のテストがはじまってすぐだった。

……最悪。

雨脚が強くなり、遠くで雷鳴が轟いたあたりから、予感は現実のものになった。あの頭痛や眩暈を感じはじめたのだ。きゅっと毛穴が閉じるような感覚があり、鳥肌とともに寒気も生じる。膝と膝を擦り合わせ、落ち着かなくなってきた。

集中しなきゃ。今日は最終日だし、これ、長谷君が丁寧に教えてくれたところだ。何回も解いて、こんな私でもちゃんと理解できたところ。

目を閉じて周囲に聞こえないような深呼吸をする。けれど、また、まぶたの裏にあの日の光景がよみがえってきた。何度も確認した掛け時計。伯母さんと佳ちゃんが家に駆けつけてきたときの顔。ふたりの目に浮かんでいた涙。

光景だけじゃない。そのときの電話の音。足音。そして、激しく打ちつける雨音。雨音。雨音……。

「…………っ！」

私はパッと目を開けて、意識を現実に戻そうとした。けれど、テストに印字された数字がひとりでに躍り出し、気持ち悪くなって手で顔を覆う。集中なんて、到底できなかった。

……まただ。大雨の日に過去のことを思い出してしまうと、こんなふうになって制御できなくなる。もう三年経ったというのに、あの日の六年生の自分に舞い戻り、負の感情でずぶ濡れになってしまうのだ。

長谷君が、あんなに親身になって教えてくれたのに。バイトだって、やっとはじめられたのに。

数学も、ラスト一教科だった日本史も、結局半分も解けないまま終わってしまった。


五日後。副教科の一部はまだだけれど、テストはだいたい返却された。今回は、自分が思った以上の結果だった。数学と日本史以外は。

放課後、昇降口に続く階段を下りながら、小さくため息をつく。下りきると、靴を履き替えている長谷君が目に入った。

「あ、長谷君！」

あの夕方の家庭教師がなくなってから会うことのなかった長谷君に、私は笑顔で駆け寄った。同じマンションだし同じ学校なのに、偶然会うこともなかった。だから、たった一週間弱会わなかっただけで、かなり久しぶりに思える。

「テストの結果、長谷君のおかげで私にしては上出来だったよ！　本当にありがとう」

「そう」

カタンと靴箱を閉める長谷君は、やっぱり笑いはしない。けっこう近寄ってしまった私を見下ろして、一歩分離れられてしまう。

「バイトは辞めさせられなくてすみそう？」

「あー……それが……うん、どうかな。今日返された数学と日本史が微妙で」

から笑いをして頭を掻くと、長谷君はまた「そう」とだけ言って、昇降口を出ようとした。私も慌てて靴を履き替え、追いかける。

なんだか冷たく感じるのは気のせいかな。無表情は無表情でも、いつもより壁を感じてしまう無表情だ。できれば、もっと話をしたいのだけれど。

「あのさ、また今度、勉強教えてほしいな。新しいお菓子にもチャレンジするから、その試食も兼ねてさ」

「行かないよ」

あまりにさらっと言われたものだから、私は一拍遅れて「え？」と聞き返した。

昇降口から一歩出た軒下で、長谷君は折りたたみ傘を広げる。気づけば、小雨が降り出していた。雨の匂いが、ほのかに立ちのぼってくる。

「あ、ごめん。そうだよね、せっかく教えてもらったのに成果を残せなくて、恩知らずだよね。実はさ、最終日の大雨で……」

「伏見に教えてもらえばいい」

歩き出した長谷君。私も折りたたみ傘を急いでさし、小走りで横に並ぶ。

「なんで将也が出てくるの？」

「靴箱、間違えたんでしょ？　本当は伏見に勉強を教わるはずだったたって聞いた」

「えっ！　なん……いつ？　どこで？」

「テスト二日前、向井の家の玄関で、伏見から」

あのとき？　たしかに、どこか雰囲気が変だなって思ったんだ。でも、将也と長谷君がそんな話をしていたなんて、気づきもしなかった。

「そ……それは……」

恥ずかしさと、なかば騙した感のあるうしろめたさに口を結ぶ。将也にバラされたことは想定外だけれど、黙ったままでいようなんて、虫がよすぎたのかもしれない。

「あと、誤解されるといけないし、一緒に帰ったりもできない。学校でも、もう話しかけないで」

たたみかけられるように言われ、私はぴたりと足を止めた。数歩前を行く長谷君は、

横顔で振り返り、

「それじゃ」

と、ひと言。たたずんだ私を昇降口前に残し、自転車置き場のほうへと歩いていく。

「あー！　律君、待って！　ちょっとそこまで傘入れて」

すると、私の横をうしろから追い越し、長谷君の傘に無理やり入った女子生徒がいた。あのサラサラ黒髪は、特進科の教室で見た。長谷君としゃべっていた女子だ。

『行かないよ』『誤解されるといけないし』『学校でも、もう話しかけないで』

ふたりの相合傘のうしろ姿を見ながら、さっき言われた言葉を急速に理解する。なるほど、そういうことか。

チクリと痛みが走った気がして、胸を押さえる。そして、校門までの距離を、ゆっくりと歩きはじめた。ポツポツと雨が傘を打つ音が速まり、周りの景色にもやがかかっていく。まるで自分の心の内のようだ。

中学から顔見知りだったから、私は長谷君に対して勝手に知り合いぶっていたのかもしれない。勉強もすんなり教えてくれたし、私のお菓子も美味しそうに食べてくれたし、勝手に仲よくなった気でいたのかもしれない。

だから、こんな傷ついた感じになっているんだ。全部、私の勘違いだったというのに……。

俯きそうになって、私はぱっと顔を上げた。

そうだ、勘違いだし、落ちこんでもしかたない。こんなの、どうってことないんだ。ショックも一時的なものだし、胸が痛いのも気のせいだ。

「うん、気のせい気のせい」

無理にぐっと口角を上げた私は、「うん」ともう一度自分に言い聞かせ、歩幅を広くして歩き出した。


夏休みの二日前、夕方学校から帰った私は、雨の音が響くなかソファーにひとりで座っていた。

梅雨は先日明けたというのに、帰ってきた途端、降り出してきたのだ。いったいどれだけ降るのだろうか。ただでさえ下がっているテンションに追い打ちをかけてくる。

クッションを腕にかかえている私は、今朝の佳ちゃんとのやりとりを思い出した。

『夏休みは、ちょっとくらいバイトしてもいい？』

『約束したでしょ？　赤点がひとつでもあったらバイト禁止だって。それに、葵はお金のことなんて気にしなくていいの。まだ学生なんだから、好きなことしなさい。お小遣いは私があげるから』

朝は『わかった』と笑顔で答えたけれど、ため息が止まらない。どうせ夏休みはひまなんだ。家事を頑張ったところで、時間は余る。それなら、ちょっとでもこの家のために働きたい。恩返しがしたいのに。

とりあえず、今日は佳ちゃんの好きなオムライスでも作ろう。そう思ってキッチンへと向かおうとしたときだった。家の固定電話の音が鳴り響いた。めったに鳴ることがないため、ものすごくびっくりする。番号を見にいくと、〝会社〟とだけ表示されていた。

「佳ちゃんの会社かな？」

呟いて、おそるおそる受話器を取って耳に当てる。

「……はい。もしもし」

『あ、恐れ入ります。私、○○商事の者ですが、向井佳子さんのお宅でお間違いないでしょうか？　ご家族様でいらっしゃいますか？』

○○商事は、佳ちゃんが勤めている会社だ。私は早口の女性の声に、「はい」と頷く。

『お世話になっております。さっそくですが、先ほど、佳子さんが社用車で運転中に事故に遭われまして』

「えっ！」

『現在、△△病院へ……』

いろいろな説明をされるけれど、真っ白になった頭になかなか入ってこない。慌てて近くにあったメモ帳に書き留めようとするも、手が震えるため、何度も何度も聞き返した。

受話器を置くと、部屋のなかがさっきの数倍暗くなっているように感じた。自分の身体も闇に取りこまれてしまいそうな感覚に、膝が笑って力が入らない。

「け、佳ちゃ……え、えっと、とりあえず、い、行かなきゃ……」

メモと鍵を握りしめ、よたよたと玄関へと向かう。何度も踏みつぶしてしまいながら靴を履き、外へ出ると、まるでバケツをひっくり返したかのような大雨が目に飛びこんできた。空には真っ黒な雲。ゲリラ豪雨だ。

「あ……」

怒り狂ったかのような雨の線と雨音が、またあの日の記憶を連れてくる。

『葵、一緒にお父さんを迎えにいこうか？　たまには帰りに外食でもしてさ』

カーテンを開けて窓の外を見たお母さん。雨を背景に振り返り、笑顔で私を誘う。

〝うん、行く〟

なんで、私はあの日、そう言わなかったんだろう。なんで、あの日に限って、テレビや宿題を優先してしまったんだろう。

『あら、じゃあ、お母さんだけで行ってくるね。暗くなる前に帰ってくるから』

私が一緒についていったら、三人で外食したはずなのに。そしたら、帰り道に事故に遭うこともなかったはずなのに。

「……や」

お母さんも、お父さんも、無事だったはずなのに。

「……っつ！」

雷鳴とともに、ズキンと鋭い痛みが頭と胸に刺さった。絶望的な雨音。後悔と懺悔の念に溺れそうになり、喉元を締めつけられたような苦しさがおそってくる。

「ダメ！」

考えない。思い出さない。記憶に蓋をするんだ。

「大丈夫。大丈夫なんだ」

しっかりしろ、自分。そう言い聞かせて、眩暈を覚えながらも通路を進む。だって、行かなきゃ。佳ちゃんが……佳ちゃんが……。

エレベーター前に着き、下行きのボタンを押す。震えながら口元を押さえて待っていると、ふと気づいてしまった。さっき電話で言われた、佳ちゃんの保険証を忘れていることに。それだけじゃない。病院に行くためのお金も忘れてる。そういえば、私、鍵かけた？

小さなパニックに陥って踵を返そうとすると、静かな音でエレベーターのドアが開いた。

「向井？」

なかには長谷君がいて、開くボタンを押したままにしてくれている。

「あ……は、長谷君。ど、どうしたの？　こんな雨のなか」

「いや、郵便受けの確認。向井は？　乗らないの？」

「や……私は……忘れ物して……いったん、も、戻るから」

「あぁ、傘？」

そう言われて初めて、傘も忘れていることに気づいた。どれだけ取り乱しているのだろうか。なにもかも中途半端でおぼつかない。

「どうした？　大丈夫か？」

長谷君はまだドアを開けたままにしてくれて、声をかけてくる。私は一瞬佳ちゃんのことを話しかけたけれど、『もう話しかけないで』と長谷君に言われた声と顔を思い出し、

「だ、大丈夫、大丈夫！　ごめんね、行っていいよ」

ヘラッと笑って誤魔化した。長谷君は、そんな私を怪訝そうな目で見ている。

「ほ、本当に大丈夫だか……」

右手を振ってバイバイしようとすると、目の前の色味が急に失われ、身体のバラン

スが崩れた。壁に手をつくと、そのままヘナヘナと腰を抜かしたようにしゃがみこんでしまう。

「おい」

目元を覆って俯くと、すぐそばから長谷君の声。そして、頭にふわっと体温がのってきた。

「向井は、そのクセやめろよ」

顔を上げると、同じ目線の高さに長谷君の顔があった。その奥で、静かに閉まるエレベーターのドア。私の頭には、長谷君の手のひら。

「……クセ？」

「大丈夫だって言って、ヘラヘラするクセ。全然大丈夫じゃないだろ。苦しいなら苦しいって言えよ。言いたいことあるなら言えばいいし、泣きたいなら泣けばいい」

「だって！」

とっさに言い返した自分の語気の強さに、自分自身がひるんだ。いまだ激しく降っている雨。薄暗い通路にも、その霧のような水飛沫が入りこんでくる。

「だって……話しかけるなって言った」

勢いをなくした、雨音に消え入ってしまいそうな私の声。言っていることもひどく幼くて、子どもの強がりみたいだ。それを拾った長谷君は、これみよがしにため息をついた。

「こういう状況なら、別問題だろ」

　叩きつけるような雨音が、私たちを包んでいる。私は、いつもみたいに笑顔を作ろうと頬を持ち上げようと試みた。けれど、反対に顎に力が入り、唇をひねったような顔になってしまう。

「け……佳ちゃんが……」

「え？　佳さん？」

「事故……事故に遭ったって電話が……あって……」

　そこまで言うと、今の今まで押さえつけていた焦りや恐怖が、どっと内から溢れ出てきた。最悪の状況を予想して、いてもたってもいられなくなる。

「ど、どうしよう、私」

　真剣な顔で聞いている長谷君の腕を、いつの間にか掴んでいた。力が入って、長谷君のシャツがシワになっている。

「お母さんたちだけじゃなくて、佳ちゃんまでいなくなったら、私……」

　ボロリと、目から涙のかたまりが落ちた。それを皮切りに、あとからあとから止まらなくなる。いつぶりに泣いたのだろう。泣き方がわからなくて、はくはくと空気を飲む。

「どう、したら……」

ううっ、とうめくと、意味を成す言葉が出なくなった。ぎゅっと目をつぶると、あの日の雨音に包まれた暗闇のなか、呆然と立ちすくんでいる小六の私がいる。お母さんを呼んでも、お父さんを呼んでも、なんの返事もなく雨の音だけ。

『ごめんなさい』と泣いていたら、伯父さんと伯母さんに『やめなさい』と言われた。周りからは、『かわいそうに』という声が雨みたいにたくさん降ってきて、その圧に押しつぶされそうになった。

私が泣いたり懺悔したりすることは、周囲の大人たちをつらい気持ちにさせる。そう感じた私は、それを境に涙を止めたんだ。

笑っていれば、私はかわいそうじゃなくなる。大丈夫だって言えば、本当に大丈夫になる。伯父さんも伯母さんも佳ちゃんも、周りの人たちもみんな、ほっとした顔をして微笑んでくれる。

そうだ、泣いてちゃいけない。こんなに弱い自分じゃ、いけない。

「ご、ごめん！　私。長谷君にこんな……」

ちゃんとしなきゃ。そう思って長谷君のシャツから手を離し、涙をゴシゴシ拭うと、

「向井」

たしなめるような声色で呼ばれ、今離したばかりの手首を握られた。

「人に頼ることを、犯罪だとでも思ってる?」

「え……?」

「吐いてもいいんだよ、弱音」

長谷君の言葉に、せっかく拭いた目から、また涙が伝った。背中に、あたたかくて大きな手のひらが当てられる。ぽんぽんと優しいリズムを打ち、それが、速まっていた私の心拍を落ち着かせていく。

「弱……音?」

「うん。『佳ちゃんまでいなくなったら』の続き」

「…………」

雨が、ひっきりなしに降っている。けれど、さっきみたいに私におそいかかってくるような音じゃない。雷鳴も遠のき、一定の音量と音階の集合が、かえって私たちふたりのこの空間の静けさを際立たせているようだ。

「……怖い」

まるでさっきの涙みたいに、私の口からポロッとその言葉が落ちた。自分でも驚くほど自然に、そう口が動いたのだ。

「なにが怖い?」

「……ひとりになること。あと……」

長谷君が頷いた。そして、私の言葉の続きを待っている。

「……私のせいで、周りの人間が不幸になること」

口にした途端、私の背を撫でていた長谷君の手が止まった。きっと、彼は私に同情の目を向けているのだろう。そして、そんな考えはやめろ、と言うんだ。

伯父さんや伯母さん、周りの大人たちのように。

「そっか、それは怖いな。そう思っちゃうの、つらいだろ」

けれど、長谷君は違った。苦い顔や怒った顔をするでもなく、ただ淡々と、息を吐くようにそう言った。

「うん……」

ただただ、受け止めてくれた。そのことに、じわじわと目頭が熱くなる。

「怖いし……つら……つらい」

涙と一緒に、ずっと笑顔で隠して飲みこみ続けてきた気持ちがこぼれた。

そうだ。私は、大好きな人が急にいなくなってひとりぼっちになってしまうこと、自分の存在が他の人の人生を変えてしまうことが、怖かった。

そして、自分のことを責めてしまうこと、そんなことを考えていると悟られないように取り繕い続けることが、つらかった。

ずっと怖かったし、ずっとつらかったんだ。

「一緒に行こう、病院」

長谷君は、べそをかいている私の手を引いて立ち上がらせた。一瞬だけよろけそうになったけれど、長谷君が肩も掴んでぐっと支えてくれたおかげで、転ばずにすんだ。

「大丈夫だから」

私を握る手に、力が込められる。そして一緒に忘れ物を取りに戻り、しっかり鍵も閉めた。

「大丈夫」

長谷君から何度も言われる〝大丈夫〟が、まるで暗闇のなかの灯りみたいに思える。自分で呪文のように唱える〝大丈夫〟とはまったく違う。エレベーターで一階へ下りる間、その言葉の温もりにまた涙ぐんで鼻をすすった。

「あれ？　葵？　どこ行くの？」

けれど、エレベーターを降りて集合ポストの前まで来たとき、目を疑って固まってしまった。佳ちゃんが、けろっとした顔で帰ってきたからだ。

「……え？　佳ちゃ……じ、事故って……」

「あぁ、もしかして会社から連絡入ったの？　そう、事故は事故なんだけどね。赤信号で停車しているときに、うしろから追突されちゃってさ」

「病院は？」

「むちうちとかあるといけないから、一応検査してもらえって上司に言われて行ったけど、異常なかったよ」

あっけに取られている私の横で、長谷君が額を押さえて俯いているのがわかった。息を深く吐いている。

私にも、ようやく安堵の気持ちがわき上がってきた。ほっとしたらまた目が潤みはじめ、唇が震え出す。

よかった……本当に無事で……よかった。

「ていうか、葵、目が腫れてるけど、もしかして泣いた？」

「佳ちゃん！」

佳ちゃんに駆け寄って抱きつくと、こらえきれずにまた涙が溢れた。

「ごめん、私から連絡入れたらよかったね」

「う……うう」

佳ちゃんも私をぎゅっとして、頭を撫でてくれた。私は佳ちゃんの手のなかで、その頭をぶんぶんと横に振る。

「ていうか、こんなに泣く葵、いつぶり？　ハハ、いつも笑顔で頑張ってくれてるもんね。たまには、こんなふうに子どもらしくなっていいんだよ？」

佳ちゃんの言葉にも泣けてくる。なんだかんだで、佳ちゃんには全部お見通しだし、私はまだ子どもなんだ。佳ちゃんの前でも、子どもでいてもいいんだ。

「佳ちゃん、私……」

「うん」

「私、このままこの家にいてもいいの？」

「はっ？」

　佳ちゃんは、私の顔を見るために身体をべりっとはがした。眉を思いきり寄せ、信じられないと顔全体で言っている。

「私がいて、迷惑じゃない？」

「そんなこと思ってたの？　迷惑なわけないじゃない！」

「家事も勉強も頑張って、バイトも再開するから。ちょっとでも役に立てるように、負担にならないようにするから、私……」

「違う違う。そういうんじゃなくて！　あぁ、もう、葵はもっと甘えなさい！　家族でしょ？　役に立つとか立たないじゃなくて、当たり前にいてほしいの！　いてくれなきゃ困るの、私が！」

　佳ちゃんの言葉に、私は人目もはばからずに泣いた。人目といっても長谷君しかいないけれど、私は佳ちゃんの前でも、他の誰の前でも涙を見せないようにしていたから、自分史上かなり大きな出来事だった。

いつも笑顔でコーティングしていたけれど、大泣きすることも、本音を吐き出すこともも、ときには必要なことらしい。佳ちゃんがあきれながらも笑ってくれて、私もようやく、心からの微笑みを返すことができた。

「あ、でも、勉強に関しては引き続き甘やかさないからね」

落ち着いた涙にひと息ついていると、佳ちゃんが身体を離しながら釘を刺した。

「長谷君、キミのおかげでだいぶよくなったみたいだし、今後もぜひ葵の面倒を」

そして、長谷君ににっこりと会釈する。長谷君をそのままにしていたと気づいた私は、ハッとして彼の顔を確認した。あいからわず無の表情だ。

「いいえ、それは伏見に」

「なんで将也？」

佳ちゃんが口を尖らせる。私は、これ以上迷惑はかけられないと、佳ちゃんを止めるべく肩に手をかけようとする。

「彼氏でしょ？」

けれど、長谷君の言葉にその手が止まった。私も佳ちゃんも、同時に声を出す。

「え？」

『話したいことがあるので、今日家に来てください。お菓子あります（チーズケーキ）　葵』

「こんなのが入ってたんだけど、靴箱間違えてない？」

「いえ、長谷君宛てで合ってます」

翌日、終業式が終わって学校から帰ると、昼下がりに長谷君が来た。ルーズリーフの手紙を見せてきた長谷君を、以前と同じようにリビングへと通す。

「なに？　話って」

「えーと……」

「伏見と付き合ってるのが誤解だっていうのは、昨日聞いたけど」

長谷君は、私が将也と付き合っていると思いこんでいたらしい。

家を行き来する仲で家族公認だということ、将也が『葵に勉強を教えるのは俺のはずだった』と言ったこと、あと風の噂で交際が耳に入ったことでそう信じたそうだ。

噂になっている誤解を解いたほうがいいというミケの言葉を放置していた、私も悪い。

「まず、靴箱間違えて、すみませんでした」

「ホントだよね」

一拍も置かずに返され、下げた頭を戻せない。そもそも自分のこのミスのせいで、長谷君を巻きこんでしまうことになったんだ。本当に申し訳ないことこの上ない。でも……。

ちらりと目線だけ長谷君へ移すと、横を向いて座っている彼は、頬杖をついてこちらを白い目で見ていた。このへんてこな状況下でさえ、私はそのミスがあってよかったと思ってしまっているんだ。そんなこと、口が裂けても言えないけれど。

「あと、私、いろんな場面で長谷君に助けてもらったのに、ちゃんと説明してなかったよね」

「説明？　大雨にトラウマがあって、具合悪くなることとか？」

私はぎょっとして息を飲んだ。今から細かい説明をしようと思っていたことを、端的にまとめられてしまったからだ。

「いや、わかるでしょ。大雨のときに限って、あれだけ毎回青白い顔してたら」

そう、私は、両親を亡くした日を思い出してしまうから、大雨が本当に苦手なのだ。けれど、これは誰にも言っていない。佳ちゃんにも、気圧の変化で体調が悪くなると伝えている。

「うん……大雨が怖い。ずっと、怖かったの」

言葉に出すと、まるで病名をつけてもらったような気持ちになった。つらいことなのに、ほっとしている自分もいる。

「原因、わかってる？」

「うん。自分で自分のことを責めてるってことに、今、ようやく向き合え出したというか」

「そう。じゃあ、回復に向かうだけだね」

長谷君は、深くは聞かずにさらりとそう言って、チーズケーキを口に運んだ。

長谷君の言葉には力がある。自分で自分に言い聞かせるよりも、なぜか私の奥深くにあたたかく届くし、本当にそうなる気がする。心の家庭教師みたいだ。

「そういえば、テストの最終日も、そのせいで……」

ふと、悔しさがよみがえってきて、私はテーブルの上の指を、もう片方の手でぎゅっと握った。

「数学も、あんなに頑張ったのにな、私」

「うん」

「日本史も、いっぱい覚えたのに」

「うん。頑張ったの、知ってるよ」

私が勉強をこんなに頑張れたのは、もしかしたら、バイトのためより、長谷君に認めてもらいたい気持ちのほうが大きくなっていたからなのかもしれない。だって、今、こんなにうれしい。

「で、どうするの？」

「どうするって？」

「明日から夏休みだけど、夏期講習する？　ここで」

クーラーの動作音が、部屋に響いた。瞬きをした私は、一瞬躍りかけた心を鎮める。

「あー……でも、ほら、あれでしょ？　特進科の、あの女の子に誤解されると悪いんじゃ」

「あの女の子？」

「黒髪サラサラの……」

説明しながら手で髪の長さを示すと、長谷君は「あぁ」と言った。

「あれ、いとこ」

「いとこ？」

「佳さんと向井と同じ間柄。近くに住んでて、たまたま歳もクラスも同じだけ」

そうだったんだ。いや、でもあの距離感は、周りから勘違いされても無理はない。

「いとことはいえ、付き合ってるみたいに誤解されることは控えたほうがいいと思うけどな」

「そっくりそのまま返すけどな」

　私の口調を真似た長谷君を見ると、一瞬だけくいっと口の端が上がった。初めて真正面でちゃんと見た彼の笑みに、息が止まりそうになる。笑わない秀才が、笑った！　私の目の前で。

「長谷君が笑った……」

　興奮をおさえるように言うと、長谷君は口元に手をやった。そして、自分でも不思議そうに口を開く。

「ホントだな、久しぶりだ」

「ふ、ふふ」

「なんだよ？」

　うれしくて思わず笑ってしまうと、今度は照れくさそうに口を曲げてしまった長谷君。せっかく笑ったのにもったいないと思いながら、でもまた見ることができそうな予感に胸が弾む。

「じゃあ、とりあえずスイーツが講習代ということで、明日から」

「よろしくお願いします」

　玄関で長谷君を見送るときに、私はひとつ疑問だったことを思い出した。

「あ、そうだ、長谷君」

「ん？」

「最初間違えて入れた手紙、よく私だってわかったね」

「あぁ、同じマンションて書いてたし、名前もあったから」

「名前？　〝葵〟だけでわかったの？」

長谷君のことは入学式の代表挨拶で知っていたけれど、私なんて埋もれた存在だ。苗字ならまだしも、下の名前なんて調べなきゃわからないだろう。

「……………」

長谷君は、玄関のドアに手をかけた姿勢のままでフリーズしてしまった。

「もしかして、入学してから調べ……」

そう言うと、言葉を遮るようにドアを開けた長谷君。照りつける太陽の眩しさ、セミたちが思いきり夏を叫んでいる声が響いてくる。

遠く、向日葵畑も目に入った。いつも太陽を見上げている向日葵も、雨が降ったり首が痛かったりして、たまには下を向きたくなることもあるのかもしれない。そう思うと、ちょっと心が軽くなったような気がした。

「それじゃ、また明日」

振り向いた長谷君は、逆光でも、かすかに笑っているのがわかった。

「うん、明日ね！」

今年の夏は、いつもと違う夏になる。期待に胸を膨らませた私は、手のひらを向日葵のように広げて、手を振り返した。

おわり

線香花火を見るたび、君のことを思い出す

春田モカ

線香花火の火を分け合ったあの瞬間、僕は君のことが好きなんだと自覚した。

パチパチと弾ける火花に少しだけ怯えながら、君は僕の線香花火から火を受け取る。

瞬時に、細い紐の先で花を咲かせた線香花火を見て、君は嬉しそうに笑った。

オレンジの光に照らされた君の笑顔を見て、胸の奥の奥がぎゅっと絞られるような感覚に陥る。

線香花火の火種がぽとりと下に落ちた。

あっという間の数十秒間。

やがて君の花火も数秒遅れで消えて、僕らの前には暗闇が広がった。

○

「理人って、いい名前だよね」

二年生に進級してすぐのこと。

クラス内で、明るく人気者な女子生徒の目黒莉都が、クラス内で限りなく影の薄い僕に、なぜか気まぐれに話しかけてきた。

僕は今、英語係である彼女にノートを提出しただけなのに、彼女は僕の名前をまじまじと眺めている。

大いに混乱した僕は、「え？」と小さく声を漏らしてしまった。

「いいな。私もこの名前がよかった」

少し拗ねたような口調で呟く目黒の考えが、全く理解できない。

僕の名前は至って普通な名前で、そんなに気に入ってもらうほどではないと思うけど……。

心の中でそんなツッコミを入れながら、僕は目黒に視線をチラッと向ける。

肩より二、三センチ上の高さでパツッと切られたストレートボブは、彼女の長い首をより際立たせている。

身長も高くスラッとしていて、かつ中性的な顔立ちなので、この田舎町では浮いてしまうほど垢抜けている人物だ。

「べ、別に、ふつーの名前だと思うけど」

そんなキラキラした存在の目黒と話すことが思い浮かぶはずもなく、僕は緊張がバレないように会話を流して学食を買いに行こうとした。

「お昼。いつもどこで食べてんの？」

けれど、そんな僕の行く手を阻むように、目黒は問いかけてくる。

「え？　テキトーに食堂の空いてる席だけど」

「そうなんだ。じゃあ一緒に食べよう」

「え。なんで？」

驚くより先に疑問が勝った。

僕は高校生になってからはとくに誰かと群れることもなく、ふらふらと自由に過ごしている。

中学時代は今と違って、友人の顔色をひたすらうかがいながら、摩擦を起こさないようにへらへら笑っていたけれど。

周りの気持ちを優先して我慢した方が、自分の気持ちを優先して自己主張するよりずっと楽――その考えは、今も変わっていない。

離婚した気分屋の父親に振り回されてから、僕はずっとその考えで生きてきた。

父親に対する母親の気苦労も目に見えてわかっていたため、相手の感情の変化にかなり敏感になっていた僕は、家の中でも常に気を張っていた。

しかし、僕は中学卒業と同時に、何かがぷつんと切れてしまったのだ。

これ以上感情をすり減らして生きたくない。相手の感情の変化に振り回されたくない、と。そのためにどうすればいいかを考えて、僕はあるシンプルな方法に行き着いた。

疲れないためには、人と深く関わらない。これに尽きると。

それからというものの、僕は人間関係に対して超省エネな生活を送っているのだ。

そのお陰で、クラスで僕に話しかけてくる人はほぼいない。

それなのに、どうしてこんな絡みづらそうな雰囲気の僕を昼食に誘ったのか、全くもって疑問だ。

しかも、よりによって女子にも男子にも人気者の目黒が。

「ほかに何人かいるけど。いいでしょ？」

「え、何……？　何か担任に言われた？　話しかけてあげてとか……」

「え、ガチで怪しんでるじゃん。ウケる」

「いや、全然ウケないけど……」

陰キャを爆発させた回答をしている僕を見て、目黒は思い切り笑っていた。

一方で、僕はますます訝しげな視線を彼女に送っている。

「小倉君さ、一年の文化祭のとき、実行委員だったんでしょ」

「え？　うん……」

急に何を言い出すかと思えば、目黒は今から半年ほど前の文化祭の話を振ってきた。

たしか目黒といつも仲のいい水野と一緒に委員になって、全然文化祭を手伝ってくれないクラスメイトの穴を埋めるために、準備に奮闘した記憶がある。

じゃんけんで負けたせいで、こんなに面倒なことになるとは……とあのときは絶望したな。

でも、なぜ今さら文化祭の話？　しかも一年のときは目黒とはクラスも違ったと思うけど。

「美優が小倉君のことシュールで面白いってよく言ってたから、話しかけてみたいと思ってたんだ」

「シュールで面白い……」

なんだそれ……。どんな理由だ。水野に嫌な印象を与えていなくてよかったとは思うけど、どんな反応をしたらいいのかわからない。

「まあ、とりあえずご飯食べよ。お腹空いたでしょ」

「空いたけど……」

「うん、じゃあ、行こう」

目黒は思い切り微妙な顔をしている僕の腕を強引に引っ張り、教室を出た。

クラスメイトの興味津々な視線がつらい。

僕は視線を避けるように、俯きながら食堂へと向かった。

「小倉君連れてきたー」

テキトーに日替わりメニューを選んだ僕は、そのまま目黒に席を案内された。

目黒がいつもつるんでいる、男女二人の中に押し込まれた僕は、もうどうにでもなれ……という諦めの気持ちで席に着く。

　すると、目の前の席に座っていた、長い髪を低い位置でツインテールにしている水野が、僕を見るなり「え！」と大きな声を上げた。

　ほら、困らせてんじゃん……。

　水野の横にいる、陽キャ代表みたいな男子・工藤も驚いた顔をしてるし、どうすんだよこの空気……。

「えっ、小倉君、なんで……！」

「いや……、えっと、ごめん。やっぱり僕違う席行くから」

　困惑している水野に申し訳なくて、僕はすぐに食事を持って席を立とうとした。

　けれど、後ろにいた目黒にぐっと肩を両手で押されて、再び座らされる。

「大歓迎だから座って」

　にっこりと笑みを浮かべる目黒に、何か歯向かえないオーラを感じとる。

「ご、ごめん、サプライズでびっくりしちゃっただけで、私も大歓迎だから……！」

「小倉君、俺も話してみたかったんだよねー。何かレアキャラ感あるし」

　いや、レアも何も僕、一度も学校休んだことないけどな。

　心の中でそう思いながらも、水野と工藤の言葉を受け入れて、ひとまず今日はこのままここで食べることにした。

　工藤はバスケ部のエースでイケメンで、少女漫画に出てくるようなヒーロータイプだ。

恐らく、目黒と工藤は付き合っているのだろうと、校内でも噂されている。

水野も絵に描いたようなお嬢様の雰囲気で、ますます僕がここにいる理由がわからなくなってくるな。

アジフライを口に運びながら、突然のイベント発生を俯瞰で受け止める。

話を聞くと、三人は同じ小学校出身で元から仲が良かったらしく、幼なじみのような関係らしい。

こんなにキラキラした幼なじみ同士仲良くなるなんてますます漫画のようだ……と思っていると、水野がミニトマトを箸で掴もうとして落としてしまった。

コロコロと自分のテリトリーに転がってきたそれを、僕はじーっと目で追う。

「ご、ごめんなさい……！　恥ずかしい……」

「いや、全然大丈夫だけど。僕のまだ手つけてないからあげようか？」

「えっ、いいよいいよ!!」

思い切り全力で拒否され、僕は「そっか」と静かに返す。

どう見ても水野、僕がいるせいですごく居心地悪そうなんだけど……。

そんな視線を隣席に座っている目黒に向けると、彼女はうどんを啜りながら、ぐっと親指を立ててきた。

どういう意味合いでのグッドサインなのか、全くわからない。

「小倉君ってさー、家、花屋なんでしょ？　俺の母親、花が趣味でさ。よく行ってるよ」

目黒の反応に困っていると突然、イケメンオーラ全開の工藤が、にこっと爽やかな笑顔を僕に向けてきた。

水野との間に気まずい空気が流れていたので、正直話題が変わったことにほっとする。

「確かに工藤さんっていう名前のお得意様いるって言ってたな……」

「お店手伝ったりすんの？」

「まあ、母子家庭だし。ばあちゃんと母親だけだと大変だからね」

僕が小学三年生のときに離婚した母親は、実家の花屋を祖母と一緒に切り盛りしている。金銭面で大変なことは増えたけど、酒癖の悪い気分屋な父親がいなくなったお陰で家庭内の空気はかなり平和になった。

祖母が築き上げた花屋は、五十年近く愛されているわりと老舗の店なので、僕はそのまま店を継ごうと思っているのだ。

「そうなんだ！　なんか、えらいなー。……いや、待って！　えらいは違うか。しっかりしてるなーって意味なんだけど、伝わる？」

「とにかく、これからもたくさん花買いに行くから！　俺の親が！」

「あ、ありがとう……」

えらい、という言葉が上から目線に感じられるとでも思ったのだろうか。

すぐに言葉を訂正して焦っている工藤を見て、好感を持たずにはいられなかった。

どうしよう。工藤、普通にいい奴じゃん……。イケメンでいい奴って非の打ちどころがないな。

単純な僕はそんなことを思いながら、白米を頬張った。

「いや、工藤と小倉君が仲良くなってどうすんのさ。何この甘酸っぱい空気」

すかさずツッコミを入れる目黒に、僕も確かに、と心の中で頷く。

工藤は「なんだよ邪魔すんなよー」と、またもや爽やかに受け流している。

「それより小倉君さ、この前〝リーガル男子高校生〟読んでなかった？　私と美優も今ハマっててさー」

「え、あんなしょうもないギャグ漫画読んでんの？」

「うん、美優が教えてくれた」

「ちょ、ちょっと莉都……！」

意外な話題に少し食いついていると、水野が目の前で恥ずかしそうに赤面した。

リーガル男子高校生は、弁護士を目指すちょっと痛い性格の男子高校生が主人公のギャグ漫画で、打ち切り寸前のニッチな作品だ。

そんな作品を読んでいると聞いて、オタク気質な僕は簡単に二人に親近感を抱いてしまった。

僕って相当単純な人間だったんだな、と再び自覚する。

それとも、心のどこかで、じつは人とコミュニケーションを取りたいと思っていたのだろうか……。

自分のことを誰かに話したことなんて、中学生以来だ。

気疲れはしていないけれど、これ以上深く他人と関わるのはどこか怖い気もする。

まあ、今日のことはたまたま起きた気まぐれなイベントで、明日以降はまたいつも通りの日々が始まるだろう。

そう思いながら、僕は謎にキラキラ集団と昼休憩を過ごしたのだった。

「昨日はありがとうね」

翌日の朝。まだ空いていた僕の前の席に座った目黒が、にっこりと笑顔を向けてきた。

僕は教科書をしまいながら、「はあ」と気の抜けた返事をする。

正直今日も話しかけられるとは思っていなかったため、心底驚いている。

「美優も工藤もいい奴でしょ」

「うん……、そうだね」

確かに、二人の性格のよさはあの短時間でも何度も垣間見えた。

素直に肯定すると、目黒はなぜか「でしょ！」と自分のことのように嬉しそうにしている。

「でも、なんで昨日僕を誘ったわけ？　気まぐれ？」

単純に理由を知りたくて質問すると、目黒は一瞬表情を強張らせた気がした。

けれど、すぐに顔を覆って、「う〜ん」と低い唸り声を上げる。

「……小倉君になりたいなと思ったから」

「え？」

予想外の発言に、僕は素っ頓狂な声を上げた。

僕になりたいからって……いったいなんの冗談だ。

クラス一の美少女が急に僕のようなモブ男子になりたがる理由がまったく見つからない。

じーっと怪しんだ視線を彼女にぶつけると、目黒は「ほんとだよ！」と焦ったように回答する。

「小倉君って、休日何してるの？　家族構成は？」

「いや、そんなの知ってどうするの……掘っても何も面白い要素はないよ……」

「その達観した性格！　どうやって構築されたのか知りたいの。ほら私、真逆の人間だからさ」

　嫌味でもなんでもなく、むしろ自虐気味に、真逆の人間だから、と目黒は笑いながら言い切った。

　落ち着いた人間になりたいということなのだろうか……？

　だとしても、それで僕を見本にするのは間違っている。

「趣味は何？　漫画よく読んでるのは知ってるけど」

「えー、邦楽ロック聴くこととか……？」

「そうなんだ！　おすすめ教えてよ」

　しぶしぶ答えると、すぐに屈託のない笑顔を見せてくれた目黒に、内心どぎまぎしていた。

　嫌味がなさ過ぎて、まっすぐで明るくて、眩しい。

　僕の方こそ、目黒のような人になるには何をしたらいいのか知りたいくらいだ。

「小倉君？　おーい、聞いてる？」

「あ……うん」

いつのまにか、彼女のくるくる変わる表情から目が離せなくなっていることに気づいた。油断すると、目黒には余計なことをぽろっと話してしまいそうになるから怖い。ハッとした僕は、テキトーにスマホのミュージックリストを漁って、彼女に見せる。自分の世界にこんな風にずかずかと介入してくる人は初めてだったから、胸の一部がザワザワしていて落ち着かない。

なるべく人と深く関わらないことがモットーなのに、目黒はその壁を簡単に壊してきそうで……。

「私も聴いてみる、ありがと。あ、今日もお昼一緒に食べよーね」

「え？　ああ、うん」

最後に早口でそう言い残して、目黒は自分の席に戻っていった。流れで言われたものだから、僕は思わず反射的にOKしてしまった。

僕のようになりたいと言う彼女の真意はまったくわからないけれど、その日、僕の頭の中は、嵐のように現れた目黒のことでいっぱいになってしまった。

そうして、目黒たちと過ごす時間は、不思議と少しずつ増えていった。

昼食を一緒に食べたのも、一日限りのイベントだと思っていたのに、目黒は次の日も、その次の日も僕を食堂に誘ってきた。

それどころか、当たり前のように教室移動も共にするようになり、僕たち四人はいつの間にか一緒にいることが自然になっていった。

その状況に戸惑いつつも、徐々に受け入れ始めている自分自身に一番驚いていた。

「小倉君の好きな音楽と漫画、もっと教えてよ」

「別にいいけど」

目黒はなぜか、僕が好きなものを知りたがり、次の日には本当に読んだり聴いたりして感想を伝えてくれる。

今日も登校してくるなりすぐ僕の席に近寄ってきて、趣味に関する質問をしてきた。

自分が好きなものを他人と共有するなんて、前までの僕ならあり得ない。

自分のことを話すのはすごく苦手で、気持ちがいいものじゃなかったから。

だけど、目黒に対してだけは、いつの間にか自然と話せるようになっていた。彼女があまりに楽しそうに僕の話を聞いてくるからかもしれない。

だけど、僕は最近、彼女に対して気づいたことがある。

「この前教えてもらったバンドの曲も、すごくよかった」

「本当？　わりと暗い曲ばっかりだけど……」

「そうかな？　個人的に、歌詞が結構刺さるところがあった」

あ、まただ。この表情……。

目黒はふとした時に目を伏せて、こうして瞳を暗くする瞬間があるのだ。

彼女が目を伏せると、誰にも踏み込めない領域があるような、そんな気配を感じる。

太陽みたいに明るい場所に、こつぜんと暗い部分が現れるような……。

そしてそのたびに、僕はなぜか目黒のことを知りたいと思うようになっていた。

誰かのことを知りたいと思ったことなんて、今まで一度もなかったのに。

人と深く関わっていいことなど、ひとつもないはずなのに……。

「目黒は……意外な一面があるよね」

「え？　何それ」

心の声が知らぬ間に漏れてしまっていて、目黒はきょとんとした顔をしている。

しまった、と思ったけれどここまで言ってしまったら、もう話すしかないと思った。

「常に明るいけど、絶対入れない部分があるっていうか……」

「え……」

「いやごめん。深い意味はない」

想像以上に目黒が驚いた反応を見せたので、僕はすぐに訂正した。

けれど、彼女はしばらく固まってから、うーんと小さな唸り声を上げる。

「つまり、二面性があって魅力的ってこと？」

「すごいプラス思考解釈だな……」

「あはは、嘘嘘」

瞳を暗くしていた瞬間を吹き飛ばすような、眩しい顔で笑う目黒。

何かはぐらかされたような気持ちにもなったけど、僕はそれ以上彼女の奥には踏み込まなかった。

彼女にこれ以上のめり込むことが怖いと感じたから。

「あ、そうだ！　今日の放課後、四人でカラオケ行こうよ」

「いいよ。僕歌わないけど」

「いや、なんでよ。歌ってよー！」

目黒が速攻でツッコミを入れたけれど、僕は「音痴だから無理」ときっぱり言い切る。

そうこうしているうちに、いつのまにか目黒たちとの距離は縮まり、彼らと一緒に過ごす時間を、僕は自然に受け入れていた。

とくに目黒の感情はすぐ顔に出るのでわかりやすく、一緒にいても気疲れすることがなかった。ずっと誰かと関わることを極端に避けてきたし、自分の内向的な性格が変わったわけではないけれど……、僕は少しずつ、目黒たちに心を開き始めていた。

夏になった。盆地なので立っているだけで汗をかくほど暑く、登下校がつらい季節だ。

地獄のテストを切り抜けた僕たちは、学校近くのファミレスで夏休みの計画を立てることになった。

水野と工藤は委員会の仕事で少し遅れてくるらしく、先に莉都と二人で店に到着した。

莉都は水色のヘアゴムで短い髪の毛をまとめていて、ちょんと鳥のしっぽみたいになっている。

「莉都、何頼むの？」

「んー、とりあえずドリンクバー頼むでしょ？　甘いものも食べようかなー。理人は？」

「じゃあ、僕も頼もうかな」

いつの間にか僕たちは、お互いを下の名前で呼び合うようになっていた。

莉都が先に下の名前で呼ぶようになったので、その流れで。

水野と工藤も僕のことを名前で呼んでくれるようになったけれど、何となく二人は苗字呼びのままだ。

メニュー表を見ている莉都は、夏なのになぜか清涼感がすごく、スポーツドリンクのＣＭに抜擢(ばってき)されてしまいそうなほどだ。

実際に、莉都が入店したとき、他校の男子生徒の視線をチラチラと感じた。

けれど、莉都は一切恋愛ごとには興味がなさそう。

工藤と付き合っていると噂されていたけれど、工藤には今かなりラブラブの彼女がいるので、その路線は完全に断たれた。

彼女ができたという報告を聞いたときも、莉都は「あ、そうなんだー」とかなりあっさりした反応を示していた。

「あ、誰かからメッセージ来てる」

莉都がスマホを手に取って、長めの前髪をそっと耳にかけた。

いつの間にか、彼女の所作を目で追ってしまっていることに気づいて、僕はパッと目を逸(そ)らす。

最近、莉都を見ていると急に切なくなることがあって、自分でも戸惑っている。

彼女の一挙手一投足に全神経が反応してしまうような、そんな感覚。

僕の視線には全く気づかずスマホを眺めていた莉都は、突然「はあ?」と大声を出した。

「ちょっと！　三年の女の先輩からのメッセージ！　見て！」

「え……?」

「超絶ムカつくんですけど。言いがかり二百パーセント！」

莉都は憤怒しながら、向かいに座っている僕にスマホの画面を見せた。

【人の彼氏に色目使ってるのヤバいよ？　俊に絡むのやめて】

「いや俊って誰!!」

いつの間にか運ばれてきたパンケーキにフォークを刺して、莉都は激怒している。

その洗練された容姿のせいか、とくに女子の先輩からよく難癖をつけられているらしく、美少女も大変だなと思った。

コーヒーゼリーを食べながら、かなり他人事の感想を思い浮かべていると、莉都は突然キッとこっちを見てきた。

「ねぇ、理人って好きな人いるの？」

「ぶっ」

唐突すぎる質問に、僕は思わず吹き出す。今の流れでどうしてこの話題になったのか不明だ。

莉都は至って真剣な顔で、「どうなの？」と迫ってくる。

好きな人……と言われて一瞬浮かんだのは、なぜか今目の前にいる莉都だった。

「なんで急にそんな話題だよ……」

僕はパッと目を逸らして、そっぽを向いていたストローを掴む。心臓が危うい動きをしている。

そのままコーラを飲んでなんとか気持ちを落ち着けると、彼女は「だって」と口を尖らせた。

「皆、わりとすぐに告白とか付き合うとかするじゃん……。この女の先輩もしょっちゅう恋人変わってるし……。あの工藤も急に彼女作るしさー」

「……工藤が彼女作ったの、寂しい？」

「寂しくはないけどー、なんかすごいなーって……」

最初は動揺を抑えるのに必死だったけれど、僕は莉都の言葉を聞いてだんだん不思議な気持ちになっていた。

どうして、莉都は〝恋愛〟をそんな遠い話のように語るのだろう。

彼女はストローで飲み物を掻き混ぜながら、切なげに目を伏せる。

……あ、またその表情だ。瞳に光がなくなって、まるで世界を俯瞰で見ているような、そんな表情。

僕はそんな莉都に気づくたびに、自分は莉都の世界にこれ以上入れない気がして、少しだけ心臓が苦しくなるのだ。

「ごめん、変な間作っちゃった」

「いや、別に……」

こんなにモテている莉都なら、寂しいと感じたらすぐに彼氏がつくれそうだけど。

そう思ったけれど、きっと何か思うことがあるのだろうと感じて、言葉にはしなかった。

代わりに、常々個人的に思っていることを伝えようと思った。

……莉都の世界に、少しでも僕を入れてほしくて。

「別に、無理に高校生の型にハマろうとしなくていいでしょ」

「え……？」

母子家庭で、花屋の手伝いがあって、他人を妬んだときもあったけど、今はそんな気持ちはどこにもない。

他人を気にしなくなってからは、どこまでもひとりでマイペースに生きてやろうと思ったのだ。

だから僕は、普通の高校生だったら、という型にハマろうとする必要は全くないと思う。

「別に、恋愛しなくたって十分楽しく生きていける時代だし」

冷めた感想を淡々と伝えると、莉都は肩を震わせて突然笑い出した。

「……っふふ」

「何笑ってんの」

「いや、理人らしいなあと思って、あはは」

らしいって、どういう意味だろう。

よくわからないけれど、莉都がいつもの調子に戻ってくれたのでよかった。

「いい奴で困っちゃうよ……。さすがだわ」

「ううん、なんでもない。あ！　美優たち来た！」

意味深な発言を残して、莉都は入口に向かって大きく手を振る。

水野と工藤はこっちに気づくと、小走りでやって来た。

「あっちー。早く炭酸飲みたい！」

「莉都、理人君。待たせてごめんねっ。委員会が長引いちゃって……」

シャツで顔を扇いでいる工藤は僕の隣に、両手を合わせて謝る水野は莉都の隣に座った。

いつもの四人になり、莉都は「何頼む？」と楽し気な笑みを浮かべている。

だから僕は、それ以上突っ込むことは止めて、彼女の意味深な発言は流すことにした。

「そういえば、水野、今年も文化祭実行委員なんだってね？　今日はその会議だったんでしょ？」

心臓の痛みを紛らわせるために、僕は水野に話しかけた。

するると彼女は、こくんと頷いて、「またじゃんけんで負けちゃって」と苦笑する。

「そっか。去年は同じクラスで、僕と一緒だったよね」

「あっ……！　あのときは色々助けてくれてありがとうね」

「え？　いや、僕は何も」

「ううん、私あのとき、すごく助けられたから……っ」

水野が珍しく声を大きくしているので、僕は少し戸惑った。思わず、「そんなに？」という言葉が出かかる。

水野はすぐに恥ずかしそうに顔を俯かせ縮こまって、そのまま黙ってしまった。

助け船を出してもらおうと、チラッと莉都に視線を向けてみる。

――しかし僕は、すぐに莉都を見たことを後悔した。

なぜなら、莉都は今まで一度も見たことないほど切なげな顔で、赤面している水野のことを見つめていたから。

そんな莉都を見ていたら、不思議と共鳴するかのように胸がズキッと痛くなった。

なぜ……？　なぜそんな顔で、水野のことを見つめているんだ？

その表情は、まるで……。

「莉都は、去年の文化祭楽しかった？」

自分の考えを掻き消すように、気づいたら質問が口から飛び出ていた。

莉都の苦しそうな顔を見ていると、なぜか自分も苦しくなるから。

「そりゃあ、楽しかったよ。美優のこと無理やりお化け屋敷に連れ込んだりして」

僕の質問を聞いて、莉都はすぐにパッと明るい表情に切り替えた。

「もう、結構本格的で本当に怖かったんだからあれ……！」

「あはは、じつは私もびびってた。美優ほどじゃないけど」

水野はむっと頬を膨らませて拗ねたような表情を見せている。

そんな二人を見て、工藤も「確かにあのお化け屋敷のクオリティーはすごかった」と懐かしげに語っている。

僕は文化祭当日はほぼひとりでいて何もしていなかったので、もちろん思い出などほとんどない。

さっきの切なげな莉都は、もう今はどこにもいない。

見なかったことにしたかったけれど、正直それ以降、全く会話に集中できなかった。

帰宅して自分の部屋に入ると、僕は文化祭のときのことを思い出してみた。

どうして去年の文化祭の話をしたときに、莉都があんなに悲しそうな顔になったのか、理由を知りたいと思ったから。

ベッドの上に横たわり、そっと目を閉じてみる。

たしか皆、文化祭実行委員が一番ヘビーだと知っているので、じゃんけんで決めることになったのだ。

そして、僕と水野は見事じゃんけんに負け続け、二人で任されることになった。たこ焼き屋をすることになったものの、全く装飾周りが進まず、水野と二人で前日に仕上げる羽目になったのだ。

ベッドに体を沈めながら、僕はあの日のことを遡ってみた。


「二人で終わらせられるかな……」

文化祭前日の放課後。

水野が不安げな表情で、色画用紙を前にカッターを持って立ち尽くしている。

せめて看板だけでも作らねばと、ひとまず赤い画用紙でタコを作ることにした僕たちは、ネットでタコのイラストを見ながら見よう見真似で下描きをしようとしていた。

「まあ、うちの高校、部活ガチ勢多いからな」

「終わらなかったらどうしよう……」

「そんなの、僕たちの責任じゃないでしょ」

店の手伝いがあるため帰宅部になったけれど、何かと帰宅部はこういった雑用を任されがちだ。

文化部は文化祭での発表準備で忙しく、運動部は大会前の練習で文化祭どころではない。

同じく帰宅部の水野と僕は、文化祭実行委員の候補に残されてしまい、最終的にじゃんけんで負けたのだ。

本当は看板づくりは他の生徒に任せていたのだけれど、見事に部活を理由に押し付けられた。だから、もし完成しなくても僕たちの責任ではない。

それなのに、やたら責任感が強いのか心配性なのか、水野はずっと不安げな顔をしている。

「あ、カッター作業僕やるよ」

「え。いいよ……！」

「いいよ」

なんか、力なくて危なっかしいし……。

僕は水野からカッターを預かると、スーッとタコの形に切り出していく。

水野はその様子を見ながら「おー」と声を小さく上げて拍手をしている。

「すごい、器用だね。小倉君」

「まあ、よくこういう作業は家でしてるからね」

「え、どういうこと？」

「家、花屋だから。たまに手伝ってる。包装とか」

作業しながらそう返すと、水野は「そうなんだ」と少し驚いたような反応を見せた。

正直、水野と話したことはほとんどなかったので、今日二人で作業するのは気まずいと思っていたけれど、やることがたくさんあるのでそう感じている暇もない。

僕たちはその後も黙々と作業を進めた。

「あ！」

突然水野が大声を上げたので驚いて振り向くと、そばにあった絵の具の水入れをひっくり返してしまったようで、床がびしょびしょになっていた。

そばにあった色画用紙も何枚かふやけてしまっている。

水野は半泣き状態で「ごめん！」と声を上げて、すぐにそばにあった雑巾で水を拭(ぬぐ)い出した。

僕も一緒に雑巾で水を吸い取り、バケツに絞り出すという作業を繰り返す。

「ご、ごめん……。私こういうところあって……ごめん」

「すぐに拭けばどうにかなるよ」

「でも、画用紙が……」

「一生懸命やろうとして失敗したことなら、誰も責めないよ」

「え……」

あまりにも水野が申し訳なさそうにしているので、祖母がよく言っていることをそのまま口に出してしまった。

幼い頃、店の手伝いをしようとして失敗したときに、祖母に言い聞かされた言葉は、今も体に染みついている。

すべて雑巾で水を吸い取ると、水野は「ありがとう」と呟いた。

「さっさと終わらせようか」

「う、うん」

「色画用紙使おうとした部分は、絵の具で代用しよう」

「了解……！」


――そうして、僕たちは二十時近くまで作業を続け、何とか次の日に間に合わせたのだった。

文化祭が終わると僕と水野はすっかり絡まなくなり、そのまま進級して、クラスが離れた。

だから、あの夜の作業のことは、すっかり記憶から薄れていた。

『ううん、私あのとき、すごく助けられたから……っ』

まさかそこまで感謝されていたとは思わなかった。ましてや、ファミレスで雑談をするような仲になるなんて……。

それもこれも全部、莉都があの日僕に話しかけてくれたからだ。

莉都が僕の世界に現れてから、確実に毎日は色鮮やかになっている。

『理人って、いい名前だよね』

そういえば、あのときの莉都も、どうしてか切なげな顔をしていた気がする。

ふと、そんなことを急に思い出した。

今日のファミレスでの彼女の表情と重なって……。

莉都の心がどこか遠くにあるように感じるたび、ずっと不思議だった。

でも、僕の中である可能性が浮かび上がってきて、ちりっと胸の一部が焦げるような痛みが走った。


夏休みに入る前日のこと。

僕は運悪く担任に雑用を任されてしまい、莉都と水野を待たせてしまっていた。

ちなみに、工藤は部活で忙しいため、今日は一緒には帰れない。

三人でゲームセンターに行く約束をしていたので、僕は任された資料作成をしながらかなり焦っていた。

莉都は待つことが苦手だから、不機嫌そうにしている様子が目に浮かぶ。

文化祭の装飾が意外にも好評で、それ以来手先が器用だから、という理由で担任に何かと雑用を任されがちになってしまったのだ。

僕はできる限り素早く資料作成を終えると、担任に「終わりました」と報告した。

「おう、お疲れ。これ御礼に持っていけ」

「あ、ありがとうございます……」

レモンの飴玉を三つもらった僕は、心の中で「この作業量で飴玉かよ」と悪態をつきながら、すぐに資料室を出た。

夏の放課後はまだ昼間みたいに明るく、暑い。

広い廊下を走って教室を目指すと、莉都と水野が二人きりで教室に残っていた。

「莉……」

「莉都って、好きな人とかいるの……？」

すぐに声をかけようとしたけれど、水野が神妙な面持ちでそんな質問をしているのが聞こえ、すぐに言葉を引っ込めた。

盗み聞きなどしてはいけないとわかっていても、ドアに手をかけたまま体が固まってしまった。

「なんで？　いつもいないって言ってるじゃん」

「そ、そっか。そうだよね、ごめんね」

莉都はあっさりと即答し、水野は慌てた様子で謝っている。

僕は、莉都の回答に、なぜかハラハラした気持ちになっていた。

「もしかして……私が理人のこと好きになっちゃったとでも思った？」

「え！」

莉都の無邪気な発言に、ドクン、と大きく心臓が跳ねた。

思わず、手に持っていた飴玉を強く握りしめる。

莉都はいたずらっぽくそんなことを言っているけれど、水野は気まずそうに俯いてしまった。

「私、性格悪いね……。莉都に嫉妬したりして……」

「変わらず好きなんでしょ？　理人のこと」

「う、うん……」

え……？

もしかして今、聞いてはいけないことを、聞いてしまったのだろうか。

思ってもいなかった水野の気持ちに、僕は激しく動揺していた。

水野はいい奴だけど、全くそういう対象としては見ていなかった。

というか、そういう恋愛の世界に自分が関係あるとは全く思っていなかった、という方がしっくりくる。

「なんで私が理人のこと好きだと思ったの？」

莉都は水野に、心配するような笑顔を向けて、優しく聞き出そうとしている。

問いかけられた水野は気まずそうにもじもじしながら、ゆっくりと口を開いた。

「最近、二人の雰囲気が似てるなって思うことがあって……」

「え？」

「ほら、小倉君って目を伏せて笑う癖あるじゃない？　ふとしたときに、莉都もそんな仕草をすることが最近多いなって気づいて……最近音楽も邦楽ロック聴いたりしてるし」

「ああ、そんなことか」

不安げな水野の言葉を、莉都はからっとした明るい声で跳ね返す。

でも、その笑顔は今にも壊れてしまいそうに見えた。

「私は理人が好きなんじゃなくて、理人になりたいの」

「え……？」

「本人にも伝えてあるけど、理人みたいな落ち着いた高校生になりたいっていう憧れがあるんだよね」

「ええ……？　何それどういうこと……？」

「あはは、誤解させてごめん。ってか、そりゃ誤解するか」

水野は口をあんぐりと開けて、思い切り肩透かしを食らったような反応を見せている。

そんな水野を見て、莉都も安堵しているように見えた。

そのまま教室のドアの前で息を殺していると、ドアのガラス越しに、バチッと莉都と目が合った。……気がした。

しかし、莉都はすぐに目を逸らし、水野の頭にポンと手を載せる。

「大丈夫。私は絶対、好きな人作ったりしないし」

「莉都……」

「ほら私、大学でイケメン捕まえるって決めてるからさ」

そんな冗談を言って、莉都はぐっと親指を立てて自信ありげな表情を見せる。

水野はますます申し訳なさそうな顔をして、莉都にそっと抱き着いた。

「ごめんね。莉都があんまりにも素敵な女の子だから、私……」

「何それー、どこがよ」

「莉都……、大好きだからね」

水野の言葉に、莉都はまた、切なげな表情を浮かべている。

そんな莉都を見て、またズキッと胸が痛んだ。

莉都は背が高いから、水野はすっぽり莉都の腕の中におさまっていた。

そして、僕はいつ声をかけていいのか、完全にタイミングを失ってしまった。

『私は理人が好きなんじゃなくて、理人になりたいの』

莉都が言い放った言葉が、ずっと頭の中でリフレインしている。その言葉の真意に、僕は少しずつ気がつき始めていた。

……今、胸が張り裂けそうに痛い。

僕は、その痛みごと隠すように、バレないように少し後ろに戻って、廊下の角まで出直す。

そして、わざと足音を大きくして、教室のドアを開けた。

「ごめん、お待たせ」

二人はすでに人の気配に気づいた様子で、抱き合うことは止め、離れていた。

水野は少しよそよそしい態度だけれど、莉都はいつも通り凛とした表情をしている。

「遅いぞ、花屋の少年」

「なんだその呼び方……」

「ゲーセンでお菓子取りまくるぞー！」

さっき目が合ったことは本当に気のせいかと思うほど、莉都はいつも通りだ。

一方で、水野は恥ずかし気に黙り込んでいる。

水野の気持ちを知ってしまった手前、僕も水野にどう接したらいいのか正直わからなくなっていた。

　けれど、ここで普通に振る舞わないと、怪しまれてしまう……。そう思い、必死に話題を探した。

「水野、ゲーム得意なの？」

「う、ううん、見てる方が好きかな」

「え、それ楽しい？」

　そんな他愛もない会話をしながら、僕たちはゲームセンターへと向かった。

　僕はクレーンゲームが得意なはずなのに、集中力にかけてしまい、さっきから全く取れない。

「理人、今日全然ダメじゃん」

「うーん、いつもならもっと取れるんだけどな……」

「お菓子取ってほしかったのにー」

　僕の背中をバシッと叩いて活を入れる莉都に、力ない笑みを返す。

　安っぽい笑顔を張り付けながら、僕は心の中で彼女に問いかけていた。

　莉都。僕は、今まで人に関わらないように生きてきたけれど、今、初めて人の気持ちを百パーセント知りたいと思ってるよ。

　本当は、僕の存在をどう思っているの。

本当は、どんな気持ちであの日僕のことを誘ったの。

聞きたいことが、山ほどある。

「あ、そうだ。お菓子と言えば、さっき飴もらったんだ。はい」

「え、これレモン飴……？　くしゃくしゃじゃん」

僕はふとポケットに入れっぱなしだった飴を思い出し、莉都と水野さんにあげた。

握りしめてくしゃくしゃになってしまったレモン飴を、莉都は訝し気な顔で見つめる。

しかし、文句を言いつつ莉都はすぐに飴を口の中に放り込んで、「美味しい！」とパッと顔を明るくさせた。

「……ふ」

「え、理人、何笑ってんの？」

「いや、何でも……」

僕はただ、ころころ表情を変える、山の天気のような彼女を、ずっとずっとそばで見ていたい。ただそれだけなのに、自分の心はシンプルではいられなくて、いくつもの葛藤(かっとう)が浮かび上がっては暴れだす。

誰かに深く関わるということは、こんなにも困難なのだということを、僕はいつの間にか……、忘れていたんだ。

夏休みに入った。

夕方に集まった僕たちは、近くのスーパーで花火セットを買って、土手で花火をすることになった。

「工藤、なんか焼けたね」

「おー、結構外練多かったからな」

工藤と並んで花火セットを選んでいると、自分の白くて細い腕とは全く違うことに気づき、ショックを受けた。

イケメンにますます磨きがかかっている工藤が、眩しくて直視できない。

どうしてこんなイケメンが近くにいるのに、水野は僕なんかを……なんて、思ってしまった。

どう考えても僕と水野では不釣り合いだし、もしかしたら何かのドッキリの可能性もある。

けれど、皆が人の気持ちを弄(もてあそ)ぶような遊びはしないことはわかっていたので、その考えはすぐに消えた。

「ジュースたくさん選んだよー！　アイスも食べたい」

「小倉君、工藤君は炭酸系でよかった？」

細身のパンツにTシャツ姿の莉都と、白いワンピース姿の水野が、ジュースをかごに入れてやって来た。

今さらだけど、男女四人で花火って、自分とは無関係そうなキラキラしたイベントだな……。

母親に知られたら、とことん冷やかされそうだ。

僕たちはすべての商品をレジまで持っていき、会計を済ませた。

外に出ると、いい感じで日が暮れていた。


「わー、綺麗ー！」

緑色の光を放つ花火を持ちながら、水野が感動の声を上げた。

花火独特の火薬のにおいを放ちながら、眩い光がシャワーのように溢れ出す。

僕もテキトーな花火を手に取り、ライターで火をつけ、黄金色の光を出した。

「うわ、勢いすご」

思ったよりも勢いが強くて、少し驚く。

しかし、花火なんて久しぶりだな……。小学生以来かもしれない。

ちらっと隣にいる莉都のことを見ると、彼女も花火を楽しんでいる様子だ。

でも、その視線の先には、子供のようにはしゃいでいる水野がいることにすぐに気づいた。

「工藤君、この大きい花火、一緒にセットしに行こうよ」

「お、いいね水野」

水野が工藤を誘って、川辺に大きい花火を持って行った。

その姿を見て、いかにも高校生の青春って感じだなあと、他人事のように思った。

はからずも莉都と二人きりになった僕は、気まずい空気にならないように、次々に花火に火を点ける。

人気のない線香花火に手をつけたところで、莉都がひとつため息を吐いた。

「あーあ、やっぱり声かけなきゃよかったな」

「……どういうこと？」

「あのとき、理人に。まさかこんなにいい奴とは思ってなかったから」

何かを諦めたように、突然そんなことを吐き出す莉都。

僕は全く意味がわからなくて、「え？」と声を上げる。

「……この前、美優と私の会話、聞いてたでしょ」

「……うん」

もう隠せないと思った僕は、正直に頷く。

すると、莉都は「だよねえ」と苦笑交じりに呟いて、手持ち花火が消えるのを静かに見守った。

それから数秒の沈黙を挟み、莉都は急に深呼吸をする。

「ねぇ、これから言うこと、今日で忘れてくれる？」

「え……？」

聞きたくない、という感情が先走って、心臓がドクンと嫌な音を立てる。

「私の好きな人、美優なの」

しっかりとした口調とまっすぐな瞳で、莉都はいきなりそう宣言した。

ああ、やっぱり――という感情が、急速に胸の中に広がる。

僕の予想は、見事すぎるほど当たっていた。

莉都はやっぱり水野に、恋をしていたんだ。

莉都が切なそうな顔をしているすべての瞬間に納得がいって、僕は「そっか」とだけ返す。

「反応薄っ。それだけ？」

「いや、何となくそう思ってたし……」

「嘘！　工藤にもバレてるかな？」

「いや、それはないと思う」

工藤はいい意味で表面上の言葉をそのまま素直に受け止めてくれる奴だから。

僕が即答すると、莉都は安心したようにほっとため息を吐く。

「……理人に声をかけたのはね、ずっと美優が話したそうにしてたからだよ」

「うん」

「美優が、理人のことをシュールで面白いって言ってたのは嘘だよ。本当は……、すごく優しくていい人だって、言ってた」

そうか。あの日巻き込まれたのは、偶然ではなく策略だったというわけか。

でも、不思議とショックではない。

だって僕は、何がきっかけだとしても、三人と仲良くなれたことを心から嬉しく思っているから。

「最初は美優のためだったけど、理人、普通にいい奴なんだもん。途中から目的忘れて楽しくなっちゃった」

「え……」

眉をハの字に下げて笑う莉都に、僕は戸惑いを隠せない。

「でも、実際に美優の口から理人のこと聞いたときは、結構つらくてさ。こうなるように仕向けたのは、自分なのにね」

「莉都……」

「あーあ、なんで恋のライバルと今隣で花火なんかしてるんだろ」

莉都が切なげに呟いた言葉は、インディゴブルーの夜空に混ざって消えていく。

隣にいる僕は、なんて返したらいいのかわからないまま、かすかな胸の痛みを紛らわすように苦笑するしかない。

「……もう線香花火しか残ってないけど、やる？」

「いいね」

長い沈黙の後、僕は会話を繋げるために、線香花火を渡した。

まずは自分の分にライターで火を点ける。

すぐに火が移って、弾けるように火花が飛んだ。

莉都にも火を点けてあげようとライターを近づけると、彼女は「そのまま」と言って僕の花火に自分の花火をそっと近づける。

ジリジリ……という小さな音がだんだん大きくなり、それは見事に開花した。

細い紐の先で花を咲かせた線香花火を見て、莉都は嬉しそうに笑う。

「綺麗だね、理人」

「うん……」

──線香花火の火を分け合った、今この瞬間。

僕は莉都のことが好きなんだと、ようやく自覚した。

パチパチと弾ける火花に、莉都は目を輝かせている。

オレンジの光に照らされた君の笑顔を見て、胸の奥の奥がぎゅっと絞られるような感覚に陥った。

胸が痛い。苦しい。どうしようもない。伝えたくて、伝えたくない。

不安定な感情が、自分の体の中で暴れまわっている。まるでこの、火花みたいに。

自分は鈍い方だと思ってたけど、さすがに鈍すぎだろ……とツッコミを入れたくなる。

莉都を知りたいと思ったのも、ずっと見ていたいと思ったのも、共鳴して一緒に切なくなったのも、全部全部……莉都が好きだからだ。

どうして、今さら、こんなタイミングで自覚するんだ。

「あ、終わっちゃった……」

線香花火の火種がぽとりと下に落ちた。

あっという間の数十秒間。

やがて莉都の花火も数秒遅れで消えて、僕らの前には暗闇が広がった。

「理人君、莉都、大きい花火、こっちでやろうよ！」

水野が、無邪気な笑顔をこちらに向けている。僕らも手を振ってそれに応えた。

間違いなく、水野は莉都のことをかけがえのない親友だと思っている。

それがありありとわかるから、なぜか僕まで切なくなる。

「〝ひ〟もらったから。さっき」

　すると突然、莉都は脈絡のない発言をした。

「は？　何のこと？　火？」

「理人から火を奪ったから、私の名前は今日からリヒトです」

「意味わからん」

　無茶苦茶な言い分にツッコミを入れると、莉都はケラケラと笑ってから、ゆっくり夜空を見上げた。

「はーあ、一字違うだけなのになー……」

　そう言った莉都の横顔がとても切なくて、綺麗で、涙が出そうになった。

　人を好きになるということは、どうしてこうもままならないのだろう。

　僕も……君も。

『理人って、いい名前だよね』

『ねぇ、理人って好きな人いるの？』

『大丈夫。私は絶対、好きな人作ったりしないし』

『大学でイケメン捕まえるって決めてるからさ』

　あのとき、莉都は、どんな気持ちで言葉を選んでいたのだろう。

　莉都の気持ちを想像したら、胸が張り裂けそうになった。

ダメだ。ここで泣いたら、ダメだ。

莉都が泣いてないのに、僕が泣いたら……ダメだ。

そう涙腺に言い聞かせて、僕はなんとか涙を堪えた。

「よし、行こうかな」

葛藤している間に、莉都は急にスッと立ち上がって、大きな花火が次々打ち上がる明るい場所を見つめた。

「……大丈夫？」

「え、何が？」

僕の唐突かつざっくりな心配に、莉都は半笑いで問いかけてきた。

暗闇で、莉都が少し涙目になっているのを、僕だけが知っている。

あともう少しだけ、そのことを他の人に知られたくないと、願ってしまう自分がいる。

伝えてはいけない好きなんてないと、嘘でも誰かに言ってほしいと願った夜。

莉都は、ただ眩く、美しく、大切な人で。

喉元まで出かかった二文字を、今、思いのままに伝えたら君を傷つける気がして、僕は少し間を置いてから提案した。

「もう一本だけ、線香花火しようよ」

「えー？　地味な花火好きだね」

面倒くさそうに笑う莉都。

線香花火なんて、数十秒で消えるだろう。

それと同じように、高校時代の恋愛なんて、長い人生と比較したらきっと刹那だ。

もしかしたら僕は数ヶ月後にはあっさり、別の好きな人を作っているかもしれないし。

「理人、火分けて」

「めんどくさがらずにチャッカマン使いなよ。危ないだろ」

「いいじゃん、ケチ」

でもきっと、この先花火を見るたびに、僕は君のことを思い出すんだ。

いつかこの痛みが思い出になったとしても。

空気を読んだのかわからないけれど、線香花火はさっきよりも少しだけ長く火花を散らした。

僕の〝ひ〟をあげるくらいで莉都が泣かずに済むのなら、何文字だってあげてやりたいと思ったんだ。

あれから、季節は過ぎ去り、僕たちは進級し、クラスも離れ離れになってあっという間にこの高校を卒業することになった。

夏休みが終わってからわりとすぐに水野から告白されたけれど、僕は「友達のままでいたい」と正直に返事をした。

水野はふられるのを予想していたように笑って、「うん、友達でいてね」と返してくれた。

だけど、僕たちはその後、今まで通りにいることが、少しずつできなくなっていった。

工藤は彼女に「友達を優先しすぎだ」と怒られてしまい、莉都は予備校に通い始めたので放課後会えなくなった。

そうすると、僕と水野しか都合がつかないことになり、さすがに二人きりは気まずくて、だんだん集まる機会は減っていったのだ。

昼休憩はタイミングが合えば一緒に食べる程度で、そのまま流されるように受験モードに突入した。

そうして僕は、農学部のある大学を目指し、無事県内の国立大学に合格した。

工藤は有名な体育大学に推薦で合格し、水野は家政系の私立女子大に進学することになったらしい。

莉都は僕たちとはひとつレベルが違う難関大に合格して、晴れて東京でひとり暮らしをスタートさせると聞いた。

見事にバラバラの地へ進学することになった僕たちは、高校でこの縁はもう切れるものだと、何となく察していた。


そして、時が過ぎた今。卒業式は無事に終わり、荷物の整理をしつつ、桜のつぼみを教室の中から眺めているいると、ポンと肩を叩かれた。

「ぼっち君、誰とも写真撮らないの？」

「莉都……」

後期受験を残し最後まで粘っていた莉都とは、学校で会うこと自体久々だった。

莉都は相変わらず人気者で、後輩の女子に何度も写真を求められていたのをさっき廊下で見かけた。

ようやく一段落して、荷物をまとめてあとは帰るだけ……というところで、ようやく僕たちは会話できたというわけだ。

「莉都みたいに人気者じゃないからな。するっと帰れるよ」

「あはは、いいなあ」

「謙遜なしかよ」

カラッと笑っている莉都に、僕はすかさずツッコミを入れる。

莉都は胸ポケットに、式でもらった一輪の赤い花を挿していて、それがとても彼女に似合っていると思った。

「どうする？　工藤と水野のところ行く？」

「二組まだホームルーム終わってないみたいだったよ。あの先生、話長いじゃん」

「あー、確かに。じゃあ一緒に待つか」

「窓から桜でも眺めて話す？　エモい感じで」

「いや、この時期全然咲いてないし……」

と言いつつも、莉都に乗せられて窓際に移動することになった。

二人で並びながら外の景色を眺めていると、本当にこの三年間があっという間だったように感じる。

桜の花はまだ蕾のままで、木々はまだ寒そうにしている。

何人かの卒業生が渡り廊下で写真撮影をしていて、キャーキャーという楽しそうな声と、かすかに泣き声が交じって聞こえてくる。

僕らはこの先何度も出会いと別れを繰り返して、大人になっていく。

今この瞬間が、あっという間に思い出になっていくんだ。

「東京行っても、頑張って」

「うん、理人もね」

莉都に伝えたい言葉は、こんなありきたりな言葉ではないのに。

でも、好きな人に告白できない莉都に、告白なんてできない。

だからいつか、莉都が心から好きだと思える人ができることを、ひっそりと祈るしかない。

「ねぇ、理人。ずっと言えてなかったけど、ありがとうね」

「え？」

「花火のとき、泣きそうになってくれてたの、気づいてたよ」

突然そんなことを言って、莉都は明るく笑ってみせた。

まさか気づかれていたとは思っていなかったので、僕は激しく動揺していた。

何だか恥ずかしくて、照れくさい気持ちになる。

あのとき勝手に莉都の気持ちを想像して、泣いてしまいそうになったのは、事実だ。

「私ね、あの瞬間、美優が好きになった人が理人でよかったなって、思ったんだよ」

「え……」

「嘘じゃないよ。ちょっと悔しいけど」

……また、あの夜みたいに、胸がぎゅっと苦しくなった。

どうしてそんな言葉を、僕相手にかけてくれるのだろう。

僕が莉都の立場だったら、そんな言葉が浮かんでくるだろうか。

でも、莉都は無理して言っている感じではなくて、本当に心からそう思ってくれている気がした。

そうか。莉都は、大切なことを、あえて大切な人に伝えないという決断をしたんだな。

これでよかったのだと、いつか思えるようにと、願って……。

「理人……？」

「あ……」

――なぜか気が緩んでしまって、あの夜の涙が溢れ出てきてしまった。

どうしてだ。なんで今さら泣いてんだよ。訳わかんないだろ。

莉都だって、目を見開いて驚いている。

でも、涙は止まらない。静かに音もなく流れて、頬を伝っていく。

「どうして、莉都だけ我慢しなきゃいけないんだ……」

「え……」

「どうして……」

そんなこと、莉都自身が一番に思っているはずだ。

バカだ。僕がそんなことを言ったところで、莉都を困らせるだけなのに。

でも、抑えきれなかった。

僕は今、初めて恋をした相手に、綺麗ごとでも何でもなく、幸せになってほしいと思っている。

もし、莉都を引き止めているものが、〝普通〟というくだらない世間の目ならば、僕はそんなくだらない基準がある世界で生きていたくない。

全部ぶっ壊して、莉都を連れ出してあげたいと思うよ。

莉都は、泣いている僕の背中を撫でようとして、でも直前で止めて前を見据えた。

「前に理人が、無理に高校生の型にハマろうとしなくていいって……言ってくれたとき……」

窓の外に広がる景色をまっすぐ見つめながら、莉都がゆっくりと語り出した。

「私、今まであった嫌なこと全部……どうでもよくなって……」

「莉都……」

「だから……私……」

莉都はカタカタと手を震わせながら、大切にゆっくりと、自分の気持ちを言葉にした。

それから、何かひとつ決心をしたように、顔を上げる。

「私、伝えてもいいのかな……」

莉都の声はどんどん震えていき、ついに僕と同じように、音もなく涙が零れ落ちた。

いつも明るくて太陽みたいな莉都が初めて見せた弱さが、激しく胸を揺さぶる。

「美優に、好きって、言っていいかな……っ」

僕は今、たとえ周りに何と言われようと、莉都のことを肯定したいと思った。

だから、「うん」と力強く頷いて、それから、そばにあったカーテンで、莉都の泣いている姿を隠した。

莉都の純粋な気持ちを、今は誰にも邪魔させたくないと思ったから。

「言っていいんだよ、莉都……」

透明な涙を流している莉都を見て、莉都に恋をしてよかったと、心から思えた。

僕たちが大人になって、いつか大切な人を他に作ったとしても、きっと今日を忘れない。

まだまだ僕たちは未熟で、どこもかしこも脆(もろ)いけれど、でも、確かに精一杯恋をした。

それはきっと、いつか、自分を形成する、心の一部になる。

「莉都、理人君、一緒に写真撮ろうー！　って、あれ……？」

「あれー？　あいつ等どこ行った？　中庭かなー？」

教室の入口から、水野と工藤の声が聞こえてきた。

僕はすぐに涙を拭って、カーテンを開けた。

莉都は僕を見上げて一度だけ微笑むと、何かを決意したように、「行ってくる」とはっきりした声で伝えてくれた。

その瞬間、僕はようやく、莉都のいる同じ世界に入れた気がしたんだ。

けれど、莉都は走り出す。

恋をしている、彼女の元へ。

そのうしろ姿を、僕は見送るように眺めていた。


心臓にそっと手を当てると、ジリジリと音が聞こえる。

あの日、火を分け合った瞬間。

心臓に火が点いたかのような感覚に陥った。

瞬間的に、僕は莉都を好きだと思った。

恋をしていると、はっきりと自覚した。

大人になったら、もうこんな感情になることは、ないのかもしれない。

いつか、こんな思いは忘れてしまうのかもしれない。

でも……、焦げ付くような痛みが、まだ消えない。

『美優に、好きって、言っていいかな……っ』

自分の気持ちを伝えることは、とんでもない勇気がいる。

否定されたらと思うと怖くて、僕はずっと避けてきた。

自分の気持ちなど伝えたって意味がないと思っていた。

でも、莉都は、その恐怖全部を乗り越えたんだ。その姿が、とても眩しかった。

「莉都……頑張れ」

莉都。君が本当の気持ちを伝えられることを、心から願っているよ。

だから、また夏が来たら……、君と同じように、僕も君に、思いを伝えたい。

世界は、誰かと関わって広くなっていくことを、君が教えてくれたから。

○

東京の夏は信じられないほど暑い。

私は、東京駅の改札付近である人待ちながら、スマホをいじっている。

【迷って遅れた。もうすぐ】

絵文字も顔文字も何もないシンプルなメッセージに、私は【早く】とだけ返す。

大学一年生になって初めての夏。私は髪の毛をばっさりと切って、男子と変わらないくらいのショートカットになった。

首の後ろがスースーする感覚にまだ慣れないまま、五ヵ月ぶりに会う人物の姿を想像してみる。

髪型は変わったのかなとか、髪を染めてやたら垢ぬけていたらどうしようとか……。

完全に高校生の時の記憶で止まっているので、大学生になった彼のことを想像するのは、結構難しい。

「莉都！」

「あ……」

しかし、目の前に現れたのは、高校生の時と全く変わらない理人だった。

あまりの安心感に、私はつい顔を緩ませてしまう。

真っ白なTシャツに黒いリュックを背負って、長い前髪で目を隠している彼は、小走りで私の元へやって来た。

「ごめん、待たせて」

「ううん。じつは私も結構ギリギリに来たから」

「髪切ってて最初わからなかった」

理人に言われて、私はそっと自分の髪を撫でる。

高校生の時も長くはなかったけれど、確かにかなり印象が違うかもしれない。

「ショート変？」

「え？　似合ってる」

「あ、そう……」

似合ってる、とストレートに言い切る理人に、私は拍子抜けした。

理人は意外とこういうところがあるので、女子に密かにモテる素質があるのかもしれない。

美優だって、きっとこういう物おじしない部分に惹かれたんだろう。

自分で美優のことを思い出しておきながら、ズキッと胸が痛むのを感じた。

――卒業式のあと、私は理人に背中を押されて、美優に伝えるはずのなかった気持ちを伝えた。

最初、美優は全くピンと来ていない反応をしたけれど、私が拙い言葉でゆっくり説明すると、徐々に困惑の顔に変わっていったのを覚えている。

美優の困った顔を見て体が震えてきたけれど、美優はすぐにそんな私に気づいて、私のことを抱きしめてくれた。

『今まで気づかなくてごめんね。ありがとうね……』

美優が並べた言葉は想像以上に優しくて、涙が出た。

正直、気持ち悪いと言われたりしても、仕方がないと思っていたから。

でも、私が三年間好きでいた女の子は、そんなことを言う子ではなかった。

それを知れただけでも、私は私を、褒めてあげたいと思った。

もし、理人と出会っていなかったら……、私は一生美優に気持ちを伝えることはなかっただろう。

だから私は、理人に感謝している。

「よーし、東京観光どこ行く？　どこでも案内するよ」

気合十分にそう伝えると、理人はローテンションのまま「えー、カフェとか？」とつまらない回答をした。

はるばる二時間かけて来たというのに、この男には何の欲望もないのか。

ちなみに、今日遊ぼうとなったのは、理人から突然連絡があったからだ。

だから、てっきり何か東京でやりたいことがあるのかと思っていたのに。

「遊園地とか行かなくていいの？　水族館とか……！」

「別に、今日は莉都と話すために来たし」

一緒に東京駅構内を目的もなしに歩きながら、理人はサラッとそんなことを言ってのけた。

なるほど。もしかして相談事があってここまで会いに来てくれたのかな……？　だから落ち着いて話せるカフェを指定してきたのか。

鈍い自分を恥ずかしく思いながら、私はひとまず駅内でカフェを探すことにした。

帰省ラッシュでごった返した東京駅を、人にぶつからないようにすり抜けていく。

隣にいる理人は相変わらずマイペースで、勝手にどんどん進んでいく。

「大学の悩み事？　それとも工藤と喧嘩とかした？　あ、もしかして彼女とか……」

「悩みっていうか、清算しに来た。このままじゃフェアじゃない気がして」

「え？」

「人の背中押しておいて、何もしていない自分が嫌になった」

だめだ。理人の言っていることが全く理解できない。

人が多すぎて、理人の表情もしっかり見れないし……。

私は彼の服の端を掴んで「大事なことなら止まって話してよ」と言った。

○

【迷って遅れた。もうすぐ】

想像以上に東京駅は複雑で巨大で、僕は見事に迷子になっていた。

丸の内方面の改札で待っている、という莉都のざっくりとした指示に困惑しながら、なんとか丸の内というワードを見つけると、僕は足早に人の間を通り抜ける。

よりによってこんなに大事な日に遅れるなんて……。

新幹線の中で練習していたセリフなど、全部吹っ飛んでしまった。

指定された改札を出ると、柱を背もたれにしてスマホを眺めているショートカットの女性が目に入った。

「莉都！」

「あ……」

髪型が大きく変わっていたけれど、僕はすぐに莉都だと気づいた。

莉都はさっぱりとしたショートカットになっていて、東京の景色に自然に馴染んでいた。

少し大人っぽい雰囲気になっていることにどぎまぎしつつも、僕は「ごめん、待たせて」と謝る。メッセージで急かした割には莉都は不機嫌ではなく、「じつは私も結構ギリギリに来たから」と答えた。

「よーし、東京観光どこ行く？　どこでも案内するよ」

観光……？　そうか、莉都は案内するつもりで来てくれたのか。そりゃそうだ。

観光という言葉を聞いて一瞬時が止まってしまった。

行きたいところもとくに考えてこなかった僕は、焦りながら「えー、カフェとか？」とつまらない提案をする。

でも、正直今は観光どころではない。

約半年前に決めていたとはいえ、さっきからずっと心臓が変な音を立てている気がする。そんな僕を、莉都はとても訝し気な表情で見つめている。

まずい。このままじゃ完全に挙動不審な人間だ。

ちゃんと今日の目的を伝えないと……。

「大学の悩み事？　それとも工藤と喧嘩とかした？　あ、もしかして彼女とか……」

「悩みっていうか、清算しに来た。このままじゃフェアじゃない気がして」

ようやく覚悟を決めた僕は、歩きながらそう答えた。莉都は想像通りきょとんとしている。

「え？」

「人の背中押しておいて、何もしていない自分が嫌になった」

そう早口で告げると、突然くんっと服の端を引っ張られ、強制的に立ち止まらされた。

「大事なことなら止まって話してよ」

莉都の丸い瞳が、まっすぐ僕のことを射貫いている。

僕は柱の前で立ち止まって、一度深呼吸をしてから、同じようにまっすぐ彼女のことを見つめた。

二年前の夏から……ずっとしまっていた感情を、ようやく伝える時が来た。

今までずっと緊張していたのに、彼女の顔を見たら、不思議とストンと心が落ち着いていった。

「僕、莉都のことが好きだ」

「……え？」

「高二の夏からずっと」

突然の告白に、莉都は完全に頭の中が真っ白になっている様子だ。

全く予想外だったのだろう。ぽかんと大口を開けたまま固まっている。

そりゃそうだ。僕からそんな気配は全く感じ取れなかっただろうから……。

というか、僕は莉都からしたら嫉妬の対象だったはずだから、僕の感情を察知できるわけもない。

とんでもない爆弾発言に固まっている莉都を見て、僕はふぅとひとつ息を吐いた。

「莉都は水野に告白したばかりだったから、時間を置いた方がいいと思って、卒業式には言えなかったけど……。でも、この夏に伝えるってずっと決めてた」

「あ、え……ごめん、なんて答えたらいいのか……」

莉都はきょどきょどと目を泳がせて、言葉を濁している。

正直、彼女が僕のことを好きになる可能性はゼロに等しい。

そんなことはとっくにわかっていた。

友達としては相性がいいけれど、それ以上でも以下でもない。そんなところだろう。

だって僕は、莉都の好きな人が好きな人、という立ち位置だったのだから……。

「いいよ。答えはわかってるし」

俯いて閉口している莉都に、僕は顔色ひとつ変えずにキッパリそう言い切った。

それから、莉都の手を取って、握手するようにぎゅっと握りしめる。

僕が本当に彼女に伝えたいことは……、ここから先だ。

「莉都を好きになって、僕の世界は変わったから、ありがとうって言いたかったんだ」

「へ……？」

「ありがとう、莉都。これからも友達でいれると思えたら、たまに連絡して」

ようやく、思っていたことを伝えられた。

ずっと、自分の気持ちを優先したり、他人に深く関わることから逃げてきた。

だけどあの日、どんな理由だったとしても、莉都に声をかけられて、間違いなく僕の世界は変わったんだ。

自分の好きなものを共有できる喜びも、誰かを知りたいと思う怖さも、人を好きになる切なさも、全部君が教えてくれた。

だから僕は、好きという言葉より、ありがとうと、ずっと君に伝えたかったんだ。

「じゃあ、僕はもう帰るから」

「え!?　なんで……!?」

あっさりと帰ろうとする僕に驚いた莉都は、思い切り目を見開いた。

「いや、もう目的は達成したし、莉都もこの後気まずいでしょう」

「いや、いやいやいや、待て待て……」

莉都は額に拳を当てて、かなり困惑した様子で感情を整理している。

気まずく思う暇もなく帰った方がいいかなと思ったんだけど、莉都は再び僕の服をがっしり掴んで引き留めた。

「夏からって、あの花火の日当たり……？」

莉都の質問にこくんと頷くと、彼女はより一層複雑な顔をして再び押し黙ってしまった。

花火というワードを聞いただけで、あの日のことが鮮明に浮かんできた。

『もう一本だけ、線香花火しようよ』

『えー？　地味な花火好きだね』

『めんどくさがらずにチャッカマン使いなよ。危ないだろ』

『いいじゃん、ケチ』

高校生だった僕たちの会話が、走馬灯のように蘇ってくる。

あの日も、今日みたいにむせ返るほど暑い夏だった。

線香花火の火を分け合いながら、僕たちは同時に好きな人のことを思っていたんだ。

莉都は頭の中で色んなことをぐるぐると考えているようだったので、僕はただじっと彼女の言葉を待つことにした。

それから数秒経って、莉都はようやく僕の顔を見つめて、口を開いた。

ああ、ようやくちゃんと振られるんだ。

これで初恋にもちゃんと、終止符を打てるだろうか……。

「理人みたいになりたいって思ってたのは……私、本当だよ……っ」

しかし、莉都が必死な顔で伝えてきたのは、予想外すぎることだった。

僕を振る言葉を考えていると思ったのに、そうではなかった。

『……小倉君になりたいなと思ったから』

まだ高校生だった莉都は、確かにそんなことを言っていて、僕はとても疑問に思っていた。

のちにあれは、水野のことがあっての発言だと思っていたけれど……。

「美優が好きな人だったからとか関係なしに、途中から本気でそう思ってたよ」

「え……」

「こ、こんなこと言われても、微妙な気持ちかもしれないけど……」

莉都は気まずそうに目を逸らす。

僕なんかになりたいと思う気持ちは理解できないけれど、莉都の中で精一杯の気持ちを伝えてくれたことが嬉しかった。

莉都が僕のことをどう思っているか、今、初めて知れた気がしたから。

「うん……、ありがとう」

何度目かのお礼を口にする。

僕も……莉都のように、誰かの世界を変えられるような人になれたらすごいなって思うよ。そんな気持ちを五文字に込めて、僕は彼女に笑顔を向けた。

きっと僕は今、ものすごく吹っ切れたような顔をしているだろう。

振られたショックなど微塵もなく、なぜか清々しい気持ちだ。

本当は、彼女と会うことはもう二度とないだろうと思っていたけれど、心の中にふと新しい風が吹き込んできた。

「思ったんだけどさ、やっぱり友達でいようよ」

思ったことをそのまま伝えると、莉都は「え」と困惑の声を漏らしながらも、かすかに顔を明るくさせた。

「理人……？」

「莉都が好きそうな暗いバンド、また見つけたし」

ひとりごとのようにこぼすと、なぜか莉都はポロッと涙をこぼした。

やはり軽々しい発言すぎたのかと思い、即座に「ごめん！」と謝ると、莉都は涙を拭いながら首を横に振る。

「違う。嬉しくて……」

「え？」

「もう理人との関係は、終わりなのかなと思ったから……」

その言葉を聞いて、ぎゅっと胸の端が苦しくなった。

――恋愛のほとんどは、苦しいことばかりだ。かみ合うことが奇跡だ。

なかでも、莉都は女の子の友達を好きになった。

そのことを打ち明けたのは、僕が初めてだった。

これは勝手な予想だけど、秘めた思いを打ち明けてくれたということは、莉都の世界で僕は信用できる人間になれていたということかもしれない。

必死に、〝普通〟におさまろうとしていた莉都の心の内を、全部知ることはできない。でも、心のふちだけでも、触れられていたならいい。

僕たちが、恋愛感情で結びつくことはないけれど……。

でも、莉都は……、これからも、僕にとっての〝唯一〟だ。

「気持ちに応えられなくても、そばにいていいの……？」

涙交じりの言葉に、僕はこくんと頷く。

それから、莉都の震えた手を優しく両手で包み込んだ。

友達でいようよ、なんて、そんな言葉を、言ってはいけないと思っていた。

でも僕は恋愛感情云々より前に、莉都との縁をここで切りたくなかったんだ。

「莉都のことはいつか思い出に……、なんて思ってたけど、それはちょっと寂しいなって思ったんだ」

「え……」

「思い出にしなくて済むなら、どんな形でもいいと思った」

そう言って、僕はふっと目を細めて笑った。

どんな形でも……という言葉を口にして、胸の中がじんわり温かくなっていく。

「人と人を繋ぐものなんて、色んな形があっていいでしょ」

開き直ったように言いのける僕を見て、莉都はフッと吹き出して笑い出した。

「理人らしいなあ……」

目じりを下げて笑う莉都を見て、まだ愛おしく思わずにはいられないけれど。

でも、また君は、僕に新しい考えを気づかせてくれた。

人を繋ぐものなんて、色んな理由があっていいのだと。

「そうだ、莉都とやりたいこと、思いついた」

「え、何なに？」

「線香花火。夏だし」

「理人……、東京じゃその辺でテキトーに花火なんてできないんだよ」

「え、そうなの？」

莉都の言葉に、僕はがっくりと肩を落とした。

そうか、確かにテキトーな野原や公園なんか、東京には一切なさそうだ。

莉都は、そんな僕の背中を元気づけるようにばしっと叩いて、「地元に帰ったらやろう」とカラッと笑い飛ばしてくれた。

高校生の頃、性格も趣味も何もかも正反対な君に話しかけられて、本気で驚いた。

もし、初めて声をかけられたあの日に戻れたとしても、僕は必ず一緒に食堂についていくだろう。

やがて莉都を好きになって、思いが報われなかったとしても。

君と出会った全てに、意味を感じているから。

「理人、ありがとうね」

「え、何が？」

唐突に莉都にお礼を言われ、僕はきょとんとした顔を向ける。

「花火をした日さ、本当はもうどうしようもない失恋と一緒に消えてしまいたかったけど、理人が繋ぎ止めてくれた」

初耳なことを伝えてから、莉都は僕の腕を強引に引っ張った。

「たくさん観光しよ！　花火はできないけど、折角の夏だし！」

「……うん」

莉都の笑顔を見て、つられて笑った。

僕たちは、誰かを好きになって、少しだけ大人になった。

もしこの先また恋愛で悲しい思いをしても、あの夜君と分け合った火が、進むべき道を照らしてくれるだろう。

駅の外に出て、夏の日差しを浴びると、思わず眩しくて目を閉じた。

その瞬間、瞼の裏に、まだ高校生だった莉都の顔が浮かんできた。

『〝ひ〟もらったから。さっき』

『は？　何のこと？　火？』

『理人から火を奪ったから、私の名前は今日からリヒトです』

――君を知りたいと思った夏。

あの時から、僕の世界は変わり始めていた。

この先、もしまた誰かを好きになって、報われなかったとしても、人と交わることからもう逃げたりしない。自分の殻を破って、一歩ずつでも……歩いていこう。

胸に灯った、あの日の小さな線香花火の火を、頼りに。

おわり

この物語はフィクションです。実在の人物、団体等とは一切関係がありません。

【ファンレターのあて先】
〒104-0031　東京都中央区京橋1-3-1　八重洲口大栄ビル7F
スターツ出版（株）書籍編集部 気付
汐見夏衛先生／六畳のえる先生／栗世凛先生／麻沢奏先生／春田モカ先生

わたしを変えた夏

2022年7月28日　初版第1刷発行

著　者　汐見夏衛　©Natsue Shiomi 2022　六畳のえる　©Noel Rokujo 2022
栗世凛　©Guriserin 2022　麻沢奏　©Kana Asazawa 2022
春田モカ　©Moka Haruta 2022
発 行 人　菊地修一
デザイン　西村弘美
発 行 所　スターツ出版株式会社
〒104-0031
東京都中央区京橋1-3-1　八重洲口大栄ビル7F
出版マーケティンググループ　TEL 03-6202-0386
（ご注文等に関するお問い合わせ）
URL　https://starts-pub.jp/
印 刷 所　大日本印刷株式会社

Printed in Japan

ISBN　978-4-8137-1301-2　C0193

スターツ出版文庫　好評発売中!!

『壊れそうな君の世界を守るために』　小鳥居ほたる・著

高校二年、春。杉浦鳴海は、工藤春希という見知らぬ男と体が入れ替わった。戸惑いつつも学校へ登校するが、クラスメイトの高槻天音に正体を見破られてしまう。秘密を共有した二人は偽の恋人関係となり、一緒に元の体へ戻る方法を探すことに。しかし入れ替わり前の記憶が混濁しており、なかなか手がかりが見つからない。ある時過去の夢を見た鳴海は、幼い頃に春希と病院で出会っていたことを知る。けれど天音は、何か大事なことを隠しているようで…。ラストに明かされる、衝撃的な入れ替わりの真実と彼の嘘とは——。

ISBN978-4-8137-1284-8／定価748円（本体680円+税10%）

『いつか、君がいなくなってもまた桜降る七月に』　八谷紬・著

交通事故がきっかけで陸上部を辞めた高２の華。趣味のスケッチをしていたある日、不思議な少年・芽吹が桜の木から転がり落ちてきて毎日は一変する。翌日「七月に咲く桜を探しています」という謎めいた自己紹介とともに転校生として現れたのはなんと芽吹だった——。彼と少しずつ会話を重ねるうちに、自分にとって大切なものはなにか気づく。次第に惹かれていくが、彼はある秘密を抱えていた——。別れが迫るなか華はなんとか桜を見つけようと奔走するが…。時を超えたふたりの恋物語。

ISBN978-4-8137-1287-9／定価693円（本体630円+税10%）

『龍神と許嫁の赤い花印～運命の証を持つ少女～』　クレハ・著

天界に住まう龍神と人間である伴侶を引き合わせるために作られた龍花の町。そこから遠く離れた山奥で生まれたミト。彼女の手には、龍神の伴侶の証である椿の花印が浮かんでいた。本来、周囲から憧れられる存在にも関わらず、16歳になった今もある事情で村の一族から虐げられる日々が続き…。そんなミトは運命の相手である同じ花印を持つ龍神とは永遠に会えないと諦めていたが——。「やっと会えたね」突然現れた容姿端麗な男・波琉こそが紛れもない伴侶だった。『鬼の花嫁』クレハ最新作の和風ファンタジー。

ISBN978-4-8137-1286-2／定価649円（本体590円+税10%）

『鬼の若様と偽り政略結婚～十六歳の身代わり花嫁～』　編乃肌・著

時は、大正。花街の料亭で下働きをする天涯孤独の少女・小春。ところがその料亭からも追い出され、華族の当主の女中となった小春は、病弱なお嬢様の身代わりに、女嫌いと噂の実業家・高良のもとへ嫁ぐことに。破談前提の政略結婚、三か月だけ花嫁のフリをすればよかったはずが——。彼の正体が実は“鬼”だという秘密を知ってしまい…!?　しかし、数多の縁談を破談にし、誰も愛さなかった彼から「俺の花嫁はお前以外考えられない」と、偽りの花嫁なのに、小春は一心に愛を注がれて——。

ISBN978-4-8137-1285-5／定価649円（本体590円+税10%）